COBALT-SERIES

ひきこもり姫と腹黒王子

vsヒミツの巫女と目の上のたんこぶ

秋杜フユ

集英社

Contents
目次

ひきこもり姫と腹黒王子

vsヒミツの巫女と目の上のたんこぶ

The Characters
登場人物紹介
ひきこもり
side
ビオレッタ
魔術師一族の娘で、
「神の愛し子」と呼ばれるほどの美貌の持ち主。
……が、闇の精霊だけに心を許して、
十年以上もひきこもりを貫いてきた。
ひょんなことから「光の巫女」に選出されてしまったが、
出来ることなら闇の精霊と
きゃっきゃ、むふふ……♥していたい。
ネロ
普段は黒猫の姿をとって、
ビオレッタの側にいる闇の精霊。
ときに優しく、ときに厳しく、
ビオレッタを見守ってくれている
保護者的存在。

腹黒
side
エミディオ
アレサンドリ神国の眉目秀麗な王子。
ビオレッタの「光の巫女」修行を
サポートしてくれている。
本音が二重音声として
聞こえてきてしまうほどの、
人並みはずれた腹黒さの
持ち主であると
ビオレッタは早々に
気付いてしまい……!?
レアンドロ
エミディオの信任も厚い、
護衛騎士。「光の巫女」の
熱烈な信奉者。
あまりに真っ白な、
裏表のない心の持ち主。

イラスト／サカノ景子

ひきこもり姫と腹黒王子 VS

ヒミツの巫女と目の上のたんこぶ

第一章　きらきら王子様が二重音声とか、詐欺だと思います。

あるとき、アレサンドリ神国に暮らす魔術師一族のもとに、それはそれは愛らしい女の子が生まれました。ふわふわと波打つ金の髪に、淡く色づく頰(ほお)と唇を引き立てる白い肌。輝くまつげに縁取られた空色の瞳は、まるで神話の世界から降り立った天使のようでした。

アレサンドリ神国において魔術師はあまり好ましくない存在とされているのに、女の子は『神の愛(いと)し子』と呼ばれ、ひとたび外へ出れば人々が群がります。危機感を覚えた家族は女の子をあまり外へ出さないようにしました。

女の子が四歳を過ぎた頃です。久しぶりに姿を現した彼女を取り囲んだ人々は、興奮のあまり押し合いへし合い、ついには乱闘を始めたのです。

目を血走らせて争う人々を見て女の子は恐れおののき、屋敷どころか自分の部屋からも出られなくなりました。外の世界すべてを恐れて逃げ込んだ暗闇は、傷ついた女の子を優しく包み、そして新しい出会いをもたらしました。

暗闇の中に、女の子は闇の精霊を見つけたのです。

闇の精霊と少女はすぐに仲良くなり、女の子はますます引きこもるようになりました。

時がたち、人々が女の子を忘れ去っても、彼女は家から出ることはありませんでした。


「これが、王都の教会……」

漆黒のローブを頭からすっぽりかぶり、黒猫を肩に乗せた少女――ビオレッタは、目の前の荘厳で巨大できらびやかな建造物を見上げてつぶやいた。時計塔の頂上に鎮座する鐘がビオレッタを見下ろしているように思えて、彼女はぶるりと身震いをする。

「や、やっぱり無理だよ。私、帰る」

ビオレッタが細く情けない声でそう言い教会に背を向けると、彼女の肩から飛び降りた黒猫が進路をふさいだ。

「もう、ネロ！　邪魔しないで。帰るったら帰るの！」

ビオレッタが文句を言うと、ネロと呼ばれた黒猫は深いため息をこぼした。

『帰っていいわけがないだろう。これは義務だ』

猫であるはずのネロの口から、少しかすれた青年の声が飛び出してくる。心底あきれたとばかりに据わった目で見つめられ、ビオレッタはばつが悪そうに口をとがらせた。

「確かに、義務だけど……。でもでも、私が光の巫女なんて、ありえないよ！」

光の巫女とは、光の神の代行者として光の力を操る尊き存在だ。選ばれた光の巫女は皆、王族や有力貴族と婚姻するため、少女達の憧れの存在……であるのだが、ビオレッタは魔術師である自分が選ばれるはずがないと信じて疑わない。両手を握りしめてそう主張する彼女を、ネロは盛大なため息で一蹴した。

『だったら、巫女の選定式を受けても問題ないだろう？　さっさと行くぞ』

「うぅ、どうせならもっと陰気で、朽ちかけた教会とかだったらよかったのに……」

『ほんのわずかな距離とはいえ、十二年ぶりの外出がこの国で一番派手な王都の教会って……運が良いのか悪いのか、微妙だな』

ネロはビオレッタの足に細く長い尻尾をなでつけながら横を通り過ぎていった。

光の巫女の選定式への召喚状は、十四歳から十八歳の少女全員に届く。それはたとえ魔術師であっても例外ではないらしく、十六歳のビオレッタの元へも届いた。召喚状には最寄りの教会で光の巫女の選定式を受けるよう書いてあり、王都に暮らすビオレッタはここへ来るほかない。ビオレッタがぐずぐず迷っている間にも、教会の門までたどり着いたネロは門衛の足下に腰を下ろし、『早くしろ』とせかした。

「……分かった。行けばいいんでしょ！」

腹をくったビオレッタは門へと駆け寄り、じっと待っていたネロの目の前に座り込んでその萌葱色の瞳を見つめた。

「早く終わらせるから、私をひとりにしないでね。絶対絶対、見捨てないでね！」

必死なビオレッタに、ネロは『にゃあん』とわざとらしく鳴いて返すと、彼女の肩へ軽やかに登った。「よぉし！」と気合いを入れながら立ち上がったビオレッタは、門衛に召喚状を見せて教会内へと足を踏み入れる。

「あれは……猫と会話しているつもりなんだろうか」

門衛が思わず口にした疑問は、ビオレッタへ届くことはなかった。


教会内へ足を踏み入れたビオレッタは、早くも逃げ出したくなった。通された大聖堂には金色の神の像を擁する立派な祭壇があり、祭壇背後の壁を埋め尽くすステンドグラスが七色の光を降り注がせ、さらなる神々しさを醸し出していた。あまりのきらきらしさに、ビオレッタは手で目をかばってうめいた。

『おら。影を作ってやるから我慢しろ』

まるで影を放出したかのように、ネロの身体がぼんやりとかすんだ。すると、ビオレッタの周りがほんの少し薄暗くなり、くじけそうな彼女の心を何とか奮い立たせた。

「光の巫女の選定式に参りました。ビオレッタ・ルビーニと申します」

祭壇の前に立つ神官長へ、ビオレッタが震える手で召喚状を差し出す。深い緑に金糸の刺繍というけばけばしい法衣を着た神官長は、眉をひそめた。

「なんか、にらまれてる?」

『ルビーニ家は深い歴史を持つ魔術師一族だからな。神官に嫌われていて当然だ』

二人がひそひそと話している間、神官長はなにやら考え込んでいるようだったが、結局首をかしげただけだった。

「もしもそなたが光の巫女であれば、この水晶はまばゆく輝くだろう」

神官長は祭壇の前に置いてある水晶を指す。真っ赤なクッションを敷いて恭しく置いてある水晶は、人の頭ほどの大きさで濁りも不純物も傷もない。ゆがみのない真円型といい、人が作ったとは思えない代物だった。万が一手が滑って落としたらどうしよう——そんなことを考えて、ビオレッタの背筋に冷や汗が伝った。

だがしかし、この水晶に触れなければ戻れない。さっさと触ってこのまぶしい世界から薄暗い自分の部屋に戻ってしまおう。

この水晶に触れれば、きちんと義務をこなしたことになる。

十二年ぶりの外出が、大成功で終えられるのだ!

意を決し、ビオレッタは「えいやっ」と心の中でかけ声をあげながら水晶に手をのせる。

水晶が、まばゆく輝いた。

のせた手を呑み込む勢いの光に驚いたビオレッタは、水晶から手を離して数歩後ずさる。ビオレッタが離れてもなお、水晶は光を弱めることなく、それどころか光の塊がいくつもはじけてビオレッタの周りを飛び交った。光の塊にあてられたネロは『ぎゃっ』と悲鳴をあげ、蝶のような黒い羽を持つ青年へと姿を変えて一目散に逃げ出してしまった。

「うそっ、私を置いていかないで！」

唯一の味方だと思っていたネロに見捨てられたビオレッタが、大急ぎで追いかけようと祭壇に背を向けたところで、神官長が立ちふさがった。

「選定の水晶があなたを選びました。あなた様には光の巫女として教会にとどまっていただきます」

「…………え？　あの、その、何かの間違いでは……」

「いいえ。水晶があれほど見事な光を放つなど、見たことがございません」

「でででも、私はルビーニ家の……」

闇と親しむ魔術師から光の巫女が選ばれるなんて、どんな冗談だと言いたいのに、神官長以外にも、この場に居合わせていた神官や衛兵たちがビオレッタを取り囲むようにして徐々に距離を詰めてきた。恐怖のあまり後ずさっていたビオレッタは、父から借りていたが故に裾を引きずっていたローブを踏みつけ、そのまま後ろへ倒れて尻餅をつく。

「こ、これはっ……！」

　ぎゅっと目を閉じていたビオレッタは、周りがざわめきだしたのを感じてまぶたを開いた。さっきより広くなった視界を不思議に思ったのもつかの間、かぶっていたフードがとれたのだと気づく。

　腰あたりまで伸びた金の髪はこれといって手入れしていないのにつややかに光り、日に焼けていない白い肌は不健康には映らず、むしろ頬や唇の色鮮やかさを強調している。金色のまつげに縁取られた空色の瞳は、見るものを引き込むような不思議な魔力を帯びていた。

　神話の中の女神を思わせる神々しい美しさを前に、神官長は声を上げる。

「ルビーニ家の神の愛(いと)し子！」

　神官長の叫びを皮切りに、周りのざわめきが大きくなる。神官長はビオレッタの目の前に膝をつくと、彼女の手をとって立たせた。

「ルビーニと聞いたとき、もしやと思っていたのです。十二年前、あなたが姿を隠してしまい、ずっと気になっておりました。ですが、やはりあなたは神の愛し子だ。こうやって、光の巫女として我々の前にまた現れてくれたのですから」

　神官長は頬を紅潮させながら熱く語る。その背後では、ほかの神官や衛兵が目を輝かせながらビオレッタを見つめていた。恐れおののいたビオレッタはおぼつかない足取りで後ずさり、彼女が一歩下がれば、半円状に取り囲む神官長たちも一歩詰め寄る。一歩、一歩、また一歩と後ずさり、ビオレッタの背中が祭壇について行き詰まっても、神官長達は歩を止めなかった。

そんな彼らが、十二年前の出来事と重なって見えた——そのときだった。

　震えるビオレッタを、心地いい闇が包み込んだ。

「やめなさい。おびえている」

　強く、それでいて耳に溶け込む声が、興奮状態の神官長たちをたしなめる。声の主はビオレッタを背中に庇うようにして立ち、その背中からビオレッタは目が離せなかった。いや、実は背中を見ているのではなく、背中にべったりと張り付く、大量の影を見ていたのだが。

「選定式の様子を見にきてみれば、このような可憐な少女を追い詰めて、いったい何をなさっているのです」

　ビオレッタを庇う人物は、どうやら神官長よりも高位の人物らしい。非難されたことで神官長たちも冷静になったのか、決まり悪そうな顔で事情を説明していた。

　彼らの会話を、ビオレッタはどこか遠くのことのように聞いていた。つい先ほどまで極限の恐怖を味わっていたので、放心状態なのだ。そんな彼女をいたわるように、影たちが彼女の周りをただよい、ビオレッタがそっと手を差し出すと、影のひとつが手に止まる。

　それはネロと同じ、蝶のような羽を持つ人に似た姿の生き物だった。

「闇の精霊……どうして、こんなにいっぱい」

　ネロの他にも闇の精霊がたくさんいるのは知っている。だが、暗い場所を好む精霊が人の背中に、これだけ大量にくっついているなんて、信じられなかった。

背中の持ち主がいったいどんな人物なのか気になったビオレッタは、さらに視線をあげる。ビオレッタより頭一つ半ほど高いその人物は、先ほどの独り言が聞こえていたのか、ちらりとこちらを振り返っていた。二人の視線が絡むなり、その人物は彼女へと向き直る。

白金の髪は短く上品に切りそろえられ、全体的な線は細いのにしっかりと広い肩幅と、ほどよく焼けた肌が男らしい。職人が磨き上げたようなアメジストの瞳はまっすぐに、それでいて優しく包み込むようにビオレッタを見つめていた。

「初めまして。新しい光の巫女。私はエミディオ・ディ・アレサンドリ。アレサンドリ神国の第一王子です」

孤高の狼のように気高い男は、大輪の花を思わせる麗らかな笑みを浮かべた。その瞬間、彼の顔を覆い尽くさんばかりの光が瞬き、ビオレッタはそのあまりのまぶしさとこれまでの心労から、ついには気を失ったのだった。

「あぁ、目を覚ましましたか？」

目覚めたビオレッタが見たのは、きらきらしい光を放つエミディオのどアップだった。驚いたビオレッタは「ひいぃっ、ぇぇえええええ！」という、何ともしまりのない声をあげ、寝返

りを打ってベッドサイドに腰掛けていたエミディオに背を向けると、這うように移動してベッドから転げ落ちた。慌てていたために受け身もとれず、顔から床に激突し、痛む鼻を押さえながら身体を起こすと、自分がローブ（と言う名の防御壁）を着ていないことに気づき、また悲鳴をあげた。

「朝を告げる鳥のような方だ。あなたの捜し物は、ベッドの上に置いてありますよ」

訳——鶏のように騒がしい女だな。捜し物ならここにあるから少しは落ち着け。

言われたとおりにベッドへ視線を走らせると、父から借りたローブが毛布にかぶせるように置いてあった。すぐさまビオレッタはそれをひったくり、頭から被って部屋の隅で縮こまる。

どうやらどこかの部屋へ移動したようだが、見たことのない調度品ばかりなので、自分の屋敷ではないらしい。ローブから目元だけをのぞかせるビオレッタを見て、エミディオは深いため息をこぼした。

「まるで威嚇する猫ですね。あなたを教会から連れ出したのは私です。おびえる必要などありませんよ」

訳——俺は恩人だ。態度を改めろ。

エミディオは優しい笑みを浮かべ、ビオレッタと一定の距離を保ったまま様子をうかがっている。無理矢理どうこうしようとせず、ビオレッタの心が落ち着くのを静かに待つ姿勢は誠実だと思われる。だが、どうしても、ビオレッタは彼を信用出来なかった。

分かるのだ。柔和な笑顔と甘い言葉の中に潜ませた彼の毒が。流れるように紡ぐエミディオの甘い言葉が、頭の中で全く別の言葉として聞こえてくる。

「どうやら、言葉の裏に気づいているみたいですね」

「き、気づくに決まっています！」

「そうですか？　私がどれだけあからさまなことを言っても、みんな気づかないのですが」

彼の周りにいる人たちはどれだけ鈍感なのだろう。ビオレッタがエミディオから視線をそらしてぼんやりと考え込んでいると、ふいに、視界が陰った。何だろうと顔を上げてみれば、すぐ目の前にエミディオがいた。油断していたところへの急接近に、ビオレッタはすぐさま逃げようとしたが、その進路をふさぐようにエミディオの腕が壁に突き立てられた。こちらが無理なら反対だ、とビオレッタが振り向けば、もう一方の腕が伸びてきて両腕の柵に閉じ込められる。ビオレッタは猫に追い詰められたネズミのように、ぷるぷると身を震わせた。

「なっ、ななな何ですか！」

「いえ、あなたが逃げようとするので、つい」

「ついって！　そんな理由で近づかないでください」

「ですが、離れれば、すぐに逃げ出してしまうでしょう？」

「当たり前です！」

息がかかりそうなほどすぐ近くにエミディオのきらきらしい顔がある。そう考えるだけで目がつぶれそうな気がして、ビオレッタは深くうつむいたまま抗議した。こんなことになるなら、隅になんて逃げずに部屋のど真ん中で突っ立っていればよかったと、よく分からない後悔をしながら。

「今この部屋から出ることはおすすめしません。不特定多数にもみくちゃにされてもいいのなら、止めませんが」

大聖堂での神官達の様子を思い出し、ビオレッタはひっと息をのみながら顔をあげる。おびえきった彼女を見て、エミディオははぁ、と嘆息(たんそく)した。

「この部屋へ来るまで、大変だったんですよ」

エミディオはそう前置きをして、この部屋へ来るまでの苦労を語り出した。

まず、神官や衛兵達の異様な興奮を見たエミディオは、ビオレッタをこのまま教会にとどめておくのは危険だと判断し、城で預かると決めた。神官達がそれを受け入れるはずもなく、ビオレッタを連れて行こうとするエミディオにすがりついて必死に止めてきたが、エミディオは護衛とともに彼らを振り切って城までやってきたそうだ。

城へたどり着いて安心かと思えば、使用人や城勤めの貴族、城を守る兵士に至るまで、ビオレッタの姿を見た者達がことごとく群がってきたという。

「正直、明かりに群がる羽虫かと思いましたね」

これは紛(まぎ)れもない本音なのだろう。その言葉は脳内変換されずにビオレッタへ伝わった。

「しかも、よくよく観察してみれば、教会からあなたを連れ出す際に活躍した私の護衛達も、ただ単にあなたの近くにいたいがために頑張っていただけという……」

頭痛がするのだろうか？　エミディオは深いしわの寄った眉間を指でほぐした。

「それは、その、ご迷惑をおかけしました。後日改めてご挨拶させていただきますので、今日はこれにて……」

「逃がさない、と言ったでしょう？　実は、気になることがあるんです」

にっこりと、見本のようなきれいな笑みをエミディオは浮かべる。その笑顔のあまりの輝きに目をくらませながら、ビオレッタは嫌な予感を覚えた。彼女があからさまに視線をそらすと、エミディオはビオレッタを囲む腕を曲げ、壁に肘をついてさらに身を寄せてくる。必然的に彼の顔も近づき、お互いの額が当たりそうで当たらない、ただ、お互いの前髪が触れあう妙にくすぐったく感じる距離で、エミディオはささやくように、言った。

「私の周りに、闇の精霊がいるんですってね？」

ビオレッタははっと顔を上げる。鼻先が触れそうなほどの至近距離に、エミディオの顔があった。だが、ビオレッタの視線は彼の整った顔ではなく、その少し横、彼の肩越しに顔をのぞかせる、闇の精霊達へと注がれていた。

ビオレッタの視線を追ったエミディオは、クスリと笑みをこぼした。

「魔術師一族のあなたならよく知っていると思いますが、我々は、精霊の存在を信じておりません。だからこそ、あなたたち魔術師は忌み嫌われる」

エミディオの語ることはこの国の常識だ。光を司る神をあがめる国で、闇と親しむ魔術師が疎まれるのは致し方ないとビオレッタ自身思う。

エミディオは口元に弧を描いたまま、けれど、獲物を前にした肉食獣のような眼差しでビオレッタを射ぬいた。

「闇の精霊などという得体の知れないものに王子が囲まれているだなんて、あまりよろしくないんですよ。しかもあなたは光の巫女だ。全くのでたらめと一笑するには、影響力が強すぎる」

「……ということは、つまり?」

「つまり、あなたが余計なことを口走らないよう、すぐそばで監視させていただきます。よって、これからあなたの身柄は城預かりとなります。光の巫女としての修行は城勤めの神官が行いますし、私も出来うる限りあなたのサポートをしますので、ご安心ください」

呆然とするビオレッタへ、エミディオは「手取り、足取り、お任せください」といい笑顔で告げた。ビオレッタは生まれて初めて、目の前が真っ暗になるというのを体験した。


エミディオが部屋を去ってからも、呆然と立ち尽くしていたビオレッタを正気に戻したのは、彼と入れ違いでやって来た三人の侍女だった。さすが城勤めと言うべきか、彼女たちの気品ただよう美しさを前に、ビオレッタは「ひぎゃっ」と奇声をあげて両目を庇った。

侍女たちはビオレッタを見てなにやらやる気に満ちあふれだし、着せ替え人形よろしく構い倒してビオレッタを上流貴族にも引けをとらない見事な令嬢に作り替えた。胸のすぐ下をきゅっと絞り、そこから身体のラインをほんのりとなぞりながら落ちるドレスで、淡い色と相まって少々シンプルすぎるようにも見えるが、動くたびに生地がてろりとした淡い光沢を放ち、清純な華やかさを醸し出していた。

大仕事を終えて満ち足りた表情で侍女たちが部屋を出て行ったあと、ひとり取り残されたビオレッタは精も根も尽き果ててベッドへ倒れ込んだ。

『お疲れさん。満身創痍って感じだな』

声を聞くなりビオレッタはうつぶせていた身体を起こす。ベッドすぐ横の窓に、黒猫の姿に戻ったネロがちょこんと座っていた。

「ネロ！　あなた、私を置いて逃げたわね。裏切り者！」

ベッドの上に座り込んだビオレッタは、目をつり上げてネロを責める。だが、彼はしれっとした顔で尻尾を大きく振り回した。

『あんな風に突っ込んでくるとは思わなかったんだ。擬態が解けるほど驚かされて、俺も被害者だっつの』

「だからって逃げなくたっていいじゃない。あの後大変だったんだよ」

『みたいだな。でも王子のおかげで事なきを得ているじゃないか。あいつ、性格は曲がってるけど、正しい判断をしたと思うぞ』

いっこうに反省しないネロは腹立たしいが、彼の言うことは正しい。もしあのまま教会にいれば、今頃どうなっていたか——考えることを拒否した。

『で？　これからどうするんだ？』

ネロの問いに、ビオレッタは顔をしかめてうなる。

「……本当に、私が光の巫女だと思う？」

『選定の水晶が光ったんだ。間違いない』

きっぱりと断言され、ビオレッタは頭を両手で抱えた。

「ただ義務を果たしたかっただけなのにっ、どうしてこうなった！　あぁ、誰か代わってくれないかな」

『無理だろ。ビオレッタに残された選択肢は、やるかやらないかだけだ』

「光の巫女を、やらない？」

ビオレッタは両腕を組み、その意味を考えてみる。ビオレッタが役目を放棄するということは、この国から一時的にとはいえ光の巫女がいなくなるということだ。となると、今年生まれた赤ん坊に祝福を与えたり、豊作の祈願や、夜深い冬の星祭りが行えなくなるだろう。

「それは……だめでしょう」

とくに冬の星祭りは、ひきこもりのビオレッタでも毎年楽しみにしていた。光の巫女が数日かけて祈りを捧げ、国中に祝福の光を降り注がせる、星祭り。蛍のような淡く暖かな光がいくつも浮かび上がり、長い冬の夜に沈む街を照らす様子は、ひきこもりのビオレッタがうっかり外へ飛び出したくなるほど幻想的で美しかった。

『だったらやるしかないな』

「だよね。そうなるよね。あぁー……。こうなったら腹をくくって、任期最短の巫女を目指す！」

選ばれてしまった以上、背負った役目はきちんとこなしつつ、周りに影響が少ない時期を見計らって引退宣言してしまおう。今後の方針を決めたビオレッタは、握りしめた拳を突き上げて言い放った。

『お前は本当に、あっぱれな決断力と斜め上方向の思考回路を持っているよな』

ネロはじと目でビオレッタをねめつけながら、ゆるゆると頭を振る。

「……こ様！　巫女様お願いです。扉を開けて出てきてください！」

寝室の扉をノックする侍女の声が響いた。ネロとの会話に夢中になるあまり、侍女たちの声に全く気づかなかったらしい。ひとりになりたくて鍵をかけたのだが、侍女の必死な声に申し訳ない気持ちになる。ビオレッタは鍵を開けようと扉へと歩き出した。

そのときだった。

どばん！　というありえない音を立てて扉が勢いよく開いた。すぐ側にいたビオレッタはぶつかりこそしなかったものの、吹き飛ばされるようにして床へ倒れ込んだ。突然のことに腰を抜かした彼女がうつぶせたまま首だけ動かして振り向けば、長い足を振り上げた格好のまま、黒い笑顔を浮かべたエミディオがいた。

「知っていますか？　とある国では、洞窟の奥深くに隠れてしまった太陽神を、力の神が入り口をふさぐ岩戸を無理矢理動かして引っ張り出したという伝承があるそうです。まさに、今の私たちだと思いませんか？　やはり、神々しいほどに美しい方は、行いも似てくるのでしょうかねぇ」

『つまりは、来て早々引きこもってんじゃねぇよ。って言いたいんだな』

「お、おおお王子様……。どうしてこんなところへ？」

「あなたが部屋から出てこないと聞いたので、私が迎えに来ました。言ったでしょう？　できうる限りサポートします、と」

彼の言うサポートとは、ビオレッタが心穏やかに過ごせるよう配慮することではなく、光の巫女としての仕事を放棄しようものならすぐさまエミディオがやってくる、という意味だったのだとビオレッタは悟った。

「ごご誤解です！　ちょっと考え事をしていて、みんなの声が聞こえていなかっただけで、無視したわけでは……」

地面に這いつくばったまま言い訳をするビオレッタを見下ろして、エミディオはきらきらした、その背後ではどす黒い何かを背負った笑みを浮かべる。本能的に危機を感じたビオレッタは、両手足を必死に動かして何とか逃げ出そうとするも、長い脚を生かして悠然と近寄ってきたエミディオによりあっさりと確保された。腹に腕が回ったと思えばそのまま持ち上げられ、彼の肩に担がれる。

「ひぃいぃっ、高い！」

「腰が抜けたのでしょう。私が神殿まで運びますから、ご安心ください」

「運ぶっ？　運ぶって言った！　連れて行くじゃなくて！」

つまりはビオレッタを荷物扱いしているということだ。もっと人間らしい対応をしてほしいと言外にアピールすると、エミディオは「ふふふ」と笑った。それだけで彼がこの状況を楽しんでいるとわかり、ビオレッタはちょうどベッドから降りたネロへ助けを求めた。

「ネ、ネロ！　助けてぇ！」

『無理だ。俺も命が惜しぃ。一緒に行ってやるから、おとなしく従っておけ』

「薄情者おおぉぉ……」

もの悲しい声を響かせながら、ビオレッタはエミディオによって、荷物よろしく運ばれていった。

最初こそべそべそと泣いていたビオレッタだったが、エミディオの背中に張り付いていた闇の精霊が慰めるとあっさり機嫌を直した。闇の精霊に囲まれ、彼らとのやりとりを楽しんだビオレッタは、むしろこの体勢はすばらしいかもしれない、と思うようになっていた。静かにはしゃぐビオレッタをエミディオはちらりと見て、やれやれとばかりにかぶりを振る。

「私の背中は、そんなにお気に召しましたか？」

「はい、それはもう！　闇の精霊って、暗くて静かなところが大好きだから、本当に滅多なことでは出歩かないんです。そんな彼らがこんなにいっぱいくっついているなんて、王子様の背中がお気に入りなんでしょうね」

「……お気に入り、ですか？」

「そうですよ！　私にも、ネロっていう闇の精霊がずっと一緒にいてくれますけど、それは彼が一番最初に仲良くなった親友だからこそそばにいてくれるんです。彼らは気分屋で、対価を与えないと動かないなんてことも多いんですよ。それなのに、こんなに大量の精霊を連れ歩くなんて、本当に珍しいです」

「ネロ？」とエミディオが口にすると、足下を歩いていたネロが〝にゃあん〟とひと鳴きした。エミディオは立ち止まり、しばしネロと見つめ合う。

「まさか、この黒猫が闇の精霊だと？」

「はい。黒猫の姿をとった方が、明るい場所でも楽なんだそうです。ねぇ、ネロ～」

『まぁな』

「それって、猫と会話しているつもりですか？　もしかして、先ほどひとりでむふむふ笑っていたのも、闇の精霊と会話を？」

「失礼な！　そんな変な声は出していません。ただ笑っただけです。闇の精霊とは声に出さなくても通じ合えるんです。念話……というんでしょうか。とにかく、私を変人みたいに言わないでください！　ちゃんと会話してます」

『ビオレッタ以外には俺の声が猫の鳴き声に聞こえるからな。それに、実際おまえは変人だと思うぞ』

ネロはにやりと意地の悪い笑みを浮かべる。それを見たエミディオは、「あぁ」と頷いた。

「いまのはなんとなく分かりました。私の意見に賛同してくれたんでしょう」

「ちょっと、王子様！　そういうところだけ通じ合わないでくださいよ」

わめくビオレッタを無視し、一人と一匹は視線を合わせて「ふふふ」と笑い合う。遠目に見れば和やかな情景なのに、ビオレッタは背筋がぞわぞわした。

ビオレッタが怖がっている間に神殿までたどり着いた。城の神殿は、大きさも豪華さも王都の神殿には劣るものの、無駄な装飾を省いたぶん厳かな雰囲気が漂っていた。エミディオは神殿奥の祭壇前でビオレッタを降ろした。

「では、私は執務に戻りますので、きちんと義務を全うするように」

「……義務、ですか？」

「そうです。あなたの意思はどうあれ、光の巫女に選ばれてしまった以上、あなたには皆を導く義務がある。それは、誰も代わってあげられないのです。私でさえも」

エミディオは苦々しく笑い、乱れてしまったビオレッタの髪を指ですいて直す。その柔らかな手から伝わってくる、彼の想い。代わってあげられないからこそ、精一杯フォローしようと思ってくれたのだろう。

「王子様にとって、私はとてつもなく頼りない巫女だと思います」

引きこもりだし、まぶしいものが苦手だし、すぐにぐずぐずと泣き出すし。言わずとも伝わったのか、エミディオの眉がさらに下がる。それでもきらきらとまぶしい彼の顔を、ビオレッタは「でも」とまっすぐに見つめた。

「光の巫女がどれだけ大切な存在か理解しているから……私は、逃げません。やるしかないのでやります。出来る出来ないじゃなくて、やるんです」

四角い窓から見つめた星祭りの景色――あれがなくなってしまうのだけは嫌だと思ったから。

強い声で言い切れば、エミディオは目を見開き、ふっ、と息を吐いて笑った。

「あなたは、格好いい方ですね」

初めて見る温かな笑顔と言葉に、ビオレッタも満面の笑みで頷き、言った。

「そして、さっさと引退します！」

「…………は？」

「さっきネロと話し合って決めたんです。光の巫女の役目から逃げられないのなら、いっそのこと任期最短を目指そうって」

「……そうですか。では、あなたが引退を望んでも聞き流すよう皆に言っておきます」

「どうしてそうなる！」

信じられないという顔で見つめるビオレッタを無視し、エミディオは神殿を去る。ビオレッタの周りで楽しそうにしていた闇の精霊達が、一斉に彼の背中を追いかけるのを見て、なんだか捨てられたみたいで切なくなった。

「くっ……私には、ネロがいるもん！」

自分を奮（ふる）い立たせるため高らかにうたい、足下に控えるネロを見る。

黒猫のぬいぐるみが、転がっていた。

なぜこんな所にぬいぐるみが、と思ってエミディオの背中へと視線を向ければ、神殿の扉をくぐらんとするエミディオの背中に、本来の姿に戻ったネロを発見した——と同時に無情にも扉は閉まった。

「裏切り者おおおぉぉっ！」

ビオレッタの悲痛な叫びは神殿内にむなしく反響した。

光の巫女としての修行を終える頃、ほくほく顔のネロが神殿に戻ってきた。ビオレッタに与えられた部屋へ戻るまでの間も、部屋に戻ってからも、ネロはエミディオの背中がいかに居心地がいいかを語って聞かせた。ビオレッタは彼の話に黙って耳を傾け続けたのち、決意する。

「打倒、王子いぃぃ！」

侍女によってぴっかぴかに磨かれ、肌触りのいい純白のネグリジェを着せられたビオレッタは寝室でひとり叫ぶ。すでにベッドの上で寝る態勢に入っていたネロは、『なんだそりゃ』と突っ込んだ。

「こうなったら、あの人から闇の精霊を根こそぎ奪ってやる。奪われたら、奪い返すのよ！」

『無理だろ。あの居心地の良さは誰にも真似できないな』

「やってみないと分からないよ。もっと薄暗い雰囲気を醸し出せば、私だって……！」

『あー、はいはい。せいぜい頑張れ』

熱くなるビオレッタを置いて、ネロはさっさと夢の世界へ旅立っていった。

翌日から、ビオレッタ対エミディオの、闇の精霊を賭けた仁義なき戦いが幕を開けた。

ビオレッタはまず手始めに闇の精霊が好む薄暗い雰囲気を醸し出そうと、父から借りたままのローブを羽織った。しかし、それは間髪容れずに侍女たちによって没収された。美人が怒るとめちゃくちゃ怖いことも学んだ。

服装を陰気に出来ないのなら、敵を観察して闇の精霊に愛される技を盗むことにした。

魔術師であるが故に爵位こそ低いが、ルビーニ家はこの国で王族に次ぐ歴史を誇る貴族だ。ひきこもり娘であっても上流貴族に負けない教養をたたき込まれている。よって、歴史や読み書き、ダンスなどの勉強に費やす時間を、すべてエミディオ観察にあてることが出来、時間が少しでも余れば彼のもとへ向かった。

最初こそエミディオが闇の精霊に好かれる理由を探ろうと必死なビオレッタだったが、エミディオよりもその後ろに控える闇の精霊に興味を惹かれ、終いには闇の精霊と触れ合いたいがためにエミディオを探すようになった。


今日も今日とてエミディオの背中を求めてビオレッタは城を徘徊する。王城はビオレッタの実家が納屋に見えるほど巨大で広大で壮大であり、狭い自分の世界に閉じこもっていたビオレッタにはとうてい内部構造を覚えることなど出来そうにないが、そこらをただよう闇の精霊にエミディオの居場所を尋ねればすぐに案内してもらえる。一所に落ち着いていることが大好きな彼らに案内をお願いするのは、多少なりとも対価を要求されそうなものだが、エミディオの背中にくっつけるから良いよ、とどの精霊も安請け合いしてくれる。

「どうしよう、ネロ。王子様の背中が偉大すぎて憧れそう」

『……お前、それ、憧れじゃないからな。ただ単に便利だと思っただけだからな』

「今度王子様の背中にお礼をしようかな。何が良いと思う？」

『やめろ！　王子の背中って、実はお前、王子自身には全く感謝していないだろう。絶対ろくなものを贈らない』

「そんなことないよう。持ち主である王子様にも感謝してるって。そうだなぁ……王子様のマントをどこかの沼にしばらく放置しようか。苔むしたマントを羽織れば、闇の精霊にもっと好かれるよ！」

『確かにじめっとした空気は大好物だが、それただの嫌がらせだろ』

「キノコの生えたマントを羽織って城の人達に遠巻きにされればいい！」

『本音が駄々漏れてるぞぉ』

決してエミディオには聞かせられないくだらない会話を繰り広げていると、背後からぬっと伸びてきた腕がビオレッタの腹に回り、後ろへと引っ張られる。腹に回した腕はそのままに、ビオレッタを脇に抱えたのは、部屋を出てからここまでビオレッタを護衛していた騎士だった。

ビオレッタを抱えた騎士は熱に浮かされたような目でビオレッタを見つめ、なにやらぶつくさとつぶやいている。ビオレッタをここから助け出すみたいなことを言っているのだが、あまりに不気味過ぎるためビオレッタは理解することを放棄した。

「ね、ねね、ねねネロ。た、たしゅ、助けてぇ……」

ぞわぞわと全身を駆け巡る悪寒に耐えながら、震える声で足下のネロに助けを求める。視線の先のネロはまたかよ、という心を隠すことなく表情に出しながら、全身からぶわりと霧のような闇を吹き出し、闇の塊となったネロはそのまま騎士の顔を影で覆った。

驚いた騎士はビオレッタから手を離して両腕を振り回し、顔に張り付く霧を晴らそうとする。べちんと腹から床に落ちたビオレッタが、踏み心地のいい絨毯が敷いてあってよかった、などと頭の片隅で思いながら誘拐犯へと振り向いた、そのとき――

輝く白の鎧に身を包んだ見目麗しい騎士が、華麗な跳び蹴りを誘拐犯の背中にお見舞いしていた。

前へと吹っ飛んだ誘拐犯は、エビ反りの姿勢を維持したまま顔を床に激突させ、それでも収まらない勢いにまかせて床の上を弾むようにごろんごろんと転がった。最後は突き当たりの壁にぶつかって止まり、白目をむいて動かなくなった誘拐犯を、城の兵士が回収していく。呆然とそれを見つめていたビオレッタの視界に、節くれ立った大きな手が割り込んだ。ビオレッタは何の気なしにその手の持ち主へと視線を持ち上げる。

「お怪我はありませんか、巫女様」

先ほど雄々しい姿を見せた騎士が、優しい笑みを浮かべながらビオレッタに手をさしのべていた。

濃紺の長い髪はすっきりとひとくくりにまとめ、髪と同じ色の瞳からは強い正義感があふれている。磨き上げられた純白の鎧からのぞく黄みがかった肌が、全体の印象を引き締めていた。一見すると冷たい、厳格な印象を受ける騎士だが、ビオレッタを見つめる瞳には慈愛が満ちている。そんな甘やかな空気をまとった麗しの騎士に手を差しのべられたビオレッタは——

「ぎぃ、やああああああああああああ！」

　絶叫した。

「あぁ……私が分からないほどにおびえて、かわいそうに」

『いや、分かってる分かってる。分かった上で叫んでるんだよ』

「巫女様、安心してください。あなたを拐かそうとした不届きものは、このレアンドロが成敗いたしました」

　白い鎧の騎士——レアンドロは、ビオレッタの両肩をつかんで顔をのぞき込んでくる。気遣わしげな彼を見たビオレッタは身震いしながら両腕をかきむしった。

「ひいぃっ！　かゆい、かゆいかゆいかゆい！」

『それはあれだ。身体がこいつを拒否しているんだ』

「気をしっかり持ってください。私がエミディオ殿下の元まで運んで差し上げますから」

　レアンドロはビオレッタの抵抗をものともせずにひょいと抱き上げると、廊下を颯爽と歩き出す。

『これだけあからさまに拒絶されているのに、どうして気づかないんだ？』

猫の姿に戻ったネロは、レアンドロの腕の中で目を回すビオレッタを見て、ため息とともに頭を振った。


「うっ、ううっ……」

ビオレッタは床の上で膝を抱えてうずくまり、さめざめと泣き暮れる顔をハンカチでぬぐっていた。そんな彼女を、闇の精霊達が取り囲んで慰め、ネロは彼女の脚にぽんと猫足をのせている。

「泣き濡れるあなたは物語のヒロインのようですね。窓でも開けて、空気を入れ換えますか。しんみりした気持ちが変わるかもしれません」

訳──わざとらしく泣くな、うっとうしい。じめじめしてキノコでも生えてきそうだ。いや、すでに生えているか、おまえの頭に。

耳に入る言葉は穏やかだが、ビオレッタの脳内では言葉の暴力が繰り広げられている。そして、それが気のせいでないことをビオレッタは知っていた。故に、ビオレッタは思う存分嘆いた。執務中のエミディオのすぐ背後、彼が座る椅子の足下で。

「もう嫌だ！　誘拐されそうになったの、これで何度目ですか！」

「記念すべき十回目ですよ。おめでとうございます」

「わぁ、ありがとうございます──じゃない！」

立ち上がって声を張り上げるビオレッタの足下で、ネロは『城に来て一ヶ月くらいだから、三日に一度のペースだな』としみじみつぶやいた。

「どうして護衛が誘拐犯になるんですか！　もっとまともな人間をつけてください」

「だったらレアンドロをつけましょうか」

「ひぃぃぃっ！」

身を隠すように頭を抱えてうずくまるビオレッタを見て、エミディオは眉をしかめた。

「分からないですね。どうしてそんなにレアンドロを嫌うのですか？　彼は一切の下心なしにあなたを慕っているというのに」

「あの人は私を慕っているのではなく、光の巫女を崇拝しているだけです！」

「それの何に問題が？　あなたは光の巫女でしょう」

「確かに私は光の巫女だけれども、あの人が思い描いているような光の巫女とは違うんですよ！　それなのに、あんなにきらきらしい眼差しで、あなたは私の理想そのものだといわんばかりに見つめられたら……うぁー、かゆいかゆいかゆい！」

「嫌いっていうより、申し訳ない気持ちから拒否反応が出ているってことですか？　そんなもの、ふんぞり返ってこき使えば良いんですよ。レアンドロもそれを望んでいる」

「真っ黒ですね、王子様」

どうしてだろう。彼を前にすると、ビオレッタは自分の悩みなんてちっぽけなもののように感じた。

「そもそも、どうして毎日城の中を出歩くんですか。ひきこもりはひきこもりらしく部屋に閉じこもっていればいい。そうすれば新しい護衛を選ぶ手間もなくなります」

『護衛がこう毎度毎度誘拐犯になられちゃあなぁ。新しい護衛を選ぼうにも、品行方正で身元をしっかり保証できる家柄の者なんて、数も限られているだろうし……』

ネロの同情的な言葉は、エミディオには猫の寝き声にしか聞こえないはずなのに、見つめ合う一人と一匹はため息とともにかぶりを振った。

「え、何この空気。私が悪いみたいになってません？」

「全く悪くないとは言えないでしょう。誘拐されやすいのだから、不用意に護衛と二人きりになどならないでください」

邪心のかけらもなくただ純粋にビオレッタを崇めているレアンドロならば、誘拐犯になることはないのだろう。だが、ビオレッタが彼とまともに交流できないため、仕方なく『護衛が誘拐犯になったとき用の護衛』としてレアンドロを離れた位置につけているのだ。せめて部屋でおとなしくしていてほしいというエミディオの主張は真っ当だった。

ビオレッタも少しは申し訳なく思っているのか、誤魔化すようにぷっと頬を膨らませ、エミディオを見つめた。

「だって、王子様が毎日いろんなところを歩き回っているから……」

ビオレッタがもごもごと言い訳すると、机に頬杖をついて話を聞いていたエミディオは
「……は?」と身体を起こした。

「え、あの……もしかして、毎日城中を歩き回っていたのは、私を捜して、ですか?」

「精霊に案内してもらっていたので、捜し回ってはいないんですけどね」

突然、がたん、と音を立ててエミディオは椅子から立ち上がり、手で顔を覆ってそっぽを向いた。彼らしくない粗野な仕草にビオレッタが驚いていると、エミディオは大きな咳払いをしてから姿勢を正した。

「それは、失礼いたしました。これからは、あなたに私の予定を知らせるようにしましょう。王子としての仕事は多岐にわたっていますので、ずっとここにいるというのは難しいですが、なるべくここで仕事をするようにします。そうすれば、城のあちこちを歩かなくてすむでしょう?」

思いもかけないエミディオの配慮に、ビオレッタは「ありがとうございます」と目を輝かせてほほ笑む。しばし無言で視線を絡める二人を見て、ネロは『そりゃ誤解するわな』と遠い目をした。

十数日後――

「あぁ、ビオレッタ。修行が終わったんですね、お疲れ様です」

修行を終えたビオレッタがネロとともにエミディオの執務室へ顔を出すと、エミディオは甘い笑顔で迎えてくれる。

ビオレッタは、なんだか桃色の光をまとうようになったエミディオの笑顔――ではなく、背後の闇の精霊たちを見てうっとりと頬を染めた。

『甘い雰囲気に見えて、実はすれ違っているぞ』

ただ一匹、状況を正しく理解しているネロの言葉は、見つめ合う二人をほほえましそうに見守る護衛や側近たちには届かない。

「最初はかたくなに私の顔を見ようとしなかったのに……。いまではこちらが恥ずかしくなるほど見つめますね」

『そりゃおまえ、見つめているのは闇の精霊だからな』

「王子様のそばは（闇の精霊がたくさんいて）落ち着くから……。本当は、もっと（闇の精霊と）一緒にいたいんですけど、（王子様のせいで）ずっとそばにはいられないから。だから、少しでも時間があれば（闇の精霊に）会いたいんです。迷惑ですか？」

『うん、ビオレッタ。いろいろ言葉が足りないぞ』

「迷惑だなんてありえませんよ。頑張るあなたの癒しになれるなら、いくらでもそばにいます」

『はい、王子誤解しました〜。俺知らね』

ネロは二人に背を向け、尻尾で床をたしたし叩いた。

エミディオの言葉を聞いたビオレッタは花のような笑みを浮かべ、エミディオへと歩き出す。執務机から立ち上がったエミディオは、近づいてくるビオレッタを受け止めようと、両手を広げて進み出た。物語の一場面のように二人が抱き合う――こともなく、ビオレッタはエミディオの腕をひょいとよけて彼の背後へ回った。空振りしたエミディオは、何もない空間を抱きしめたまましばらく固まっていたが、ビオレッタが彼の背中にぴったりとくっつくと、観念するように息をついた。

あの日の約束以来、エミディオは毎朝ビオレッタに一日の予定を教えてくれるようになった。ビオレッタの修行が終わる時間にあわせて執務室で仕事をし、くたびれたビオレッタを必ず休憩のお茶に誘うなど、細かな気遣いを見せてくれている。決まった時間に決まった通路を歩くようになったので、護衛が誘拐犯になるということも少なくなり、レアンドロとの接触もぐっと減ったのはとても喜ばしいことだった。

しかし何よりもうれしかったのは、エミディオの背中にくっついて闇の精霊と話したがるビオレッタを、彼が静かに受け入れてくれたことだ。たくさんの闇の精霊がただよう背中は、ビオレッタにとってまさに楽園といえる。思わず頬ずりすると、エミディオの身体がぎくりと反応した。

「……あ、すみません。嫌でしたよね」

特別親しくもない相手に触られるなんて誰でも嫌だろう。冷静になって自分の暴挙に気づいたビオレッタは、慌ててエミディオの背中から距離をとった。

振り返ったエミディオは、ビオレッタとの間に開いた距離を見て、「いや……」と視線をさまよわせた。

「驚いただけです。あなたがあんな風に甘えてくることなんて、初めてでしたから。普段、あなたは私を怖がっているでしょう。……それはそれで楽しいんですけど。そんなに、私の背中はお気に召しましたか？」

怖がるのが楽しいとはどういう意味かと、ビオレッタは問い詰めようと思ったのだが、自分を見つめるエミディオが彼らしからぬ不安げな表情をしていたので、思わず、「私、王子様の背中、大好きです！」と前のめりに言い切ってしまった。

「それは、光栄です。少し期待してもいいですか？」

エミディオは頰を染めてはにかむように笑った。少年のような可愛(かわい)らしい笑みを見て、ビオレッタはもっと彼を喜ばせようと奮起する。

「自信を持ってください、王子様！　王子様の背中はとても居心地がいいとネロも言っていました。私もみんなといっぱいお話しできる王子様の背中が大好きです！　城の地下牢(ちかろう)や裏庭のうっそうと生い茂る森の奥並に、いや、そこ以上にみんなに会える、私にとっての楽園です！」

エミディオの背中のすばらしさを熱弁していると、エミディオの笑みが凍りつく。二人の様子を傍観していたネロは、エミディオの変化に気づかず未だ語るのをやめないビオレッタを、残念な者を見る目で見つめた。

「……一応聞いておきますが、みんなとは、いったい誰のことでしょう？」

「それはもちろん、闇の精霊達のことですよ」

「もしや、毎日のように私のもとへ通っていたのは、闇の精霊と話すため、ですか？」

「え、ほかに何かありますか？」

分からないとばかりに目を瞬かせるビオレッタを見て、エミディオは顔を引きつらせ、ネロは頭を抱えた。

「ないですね。あるわけがない。たとえ私の背後で匂いをかぐように深呼吸したり、私以外の人間が寄ってくると背中にしがみついたり、指で背中をつついては振り返った私に笑いかけたりしていても、全て闇の精霊と戯れていただけですよね」

「し、失礼な！　私はそんな変態じゃありません。闇の精霊が放つ空気を感じようと深呼吸したり、城勤めのきらきらしい人たちから避難したり、闇の精霊と遊んでいたら勢い余って王子様の背中をついてしまったので笑顔でごまかしていただけです！」

『ビオレッタ、そこら辺で勘弁しておけ。王子がかわいそうだ』

ずっと黙っていたネロが止めに入ったため、ビオレッタは口を閉じて足下の彼を見る。ネロの視線が咎（とが）めているように感じられて、ビオレッタは眉（まゆ）をひそめた。

「……ふ、ふふふ……」

　不意に笑い声が響き、ビオレッタは顔を上げる。目の前のエミディオが、目がくらむほど輝かしい笑みと、ビオレッタでも尻込みしてしまうどす黒い影を携（たずさ）えていた。足下のネロが一目散に逃げ出したのでビオレッタも後に続こうとしたが、エミディオに腕を摑（つか）まれてしまった。

「私たちの間には、いろいろとすれ違いがあるようだ。じっくり話し合いたいのですが、あいにく忙しくて時間がとれません。そこで、これから教会へ向かうのですが、ご同行をお願いできますか」

　ビオレッタは、頭を抱えて「ぎゃあああ！」と叫んだ。

「教会、神官長、怖い、だめ！」

「ふふふ。片言になるくらい嫌なんですね。いい気味です。心配しなくとも、レアンドロを護衛として連れて行きますから、これ以上ないくらい安全ですよ」

　レアンドロと聞いて、ビオレッタは「ひいいいぃっ！」と叫び声を上げた。

「ひ、ひどい！　私、何か王子様の気分を悪くするようなことをしましたか？」

「しましたね。しっぽを振って自分だけについてきていた野良犬が、実はえさを求めていただけだった、という感じのことを」

「私は犬じゃありません！　それなのになぜか申し訳ない気持ちになってきた！」

「もっと罪悪感を感じればいい」

かみ合っているのかいないのか、いまいちよく分からない会話を繰り広げている間にも、エミディオはビオレッタの首根っこを掴み、「い〜や〜だ〜！」と叫ぶ彼女を引きずるようにして連れて行った。

遠ざかっていく二人の姿をネロは黙って見つめ、長い長いため息をこぼす。

『自業自得だ』

彼の言葉は、やはり誰にも届かなかった。


城に滞在して二月ほど過ぎ、ビオレッタは徐々に光の力を操れるようになった。といっても、ランタンくらいの淡い光が精一杯なので、生まれた赤ん坊に祝福を授けられても、季節の変わり目ごとに行われる神への祈禱などはまだまだ出来そうにない。

「今日も疲れたなぁ。せめて稲光くらいの光は出せないとって、神官に言われちゃった」

『魔術と違って、これといったやり方が確立されていないからな』

寝る準備を整えたビオレッタは、ネロと一緒に布団にもぐっていた。ちなみに、エミディオとの闇の精霊を賭けた戦いはビオレッタの惨敗だった。ネロ以外の闇の精霊がビオレッタへと振り向くことはなく、結局エミディオの慈悲により彼らとの交流は続けられた。つまり、相変わらずエミディオの背中を追いかけてばかりだった。

「古代語で願うとか、なにかしら決まった祝詞でもあればいいのに」

光の力の使い方はとても曖昧だ。心の中でイメージするだけだなんて、魔術になれたビオレッタには非常にやりづらい。闇の精霊相手なら、古代語で願いを口にすれば彼らに伝わる。これは、神話の時代から続く、魔術師と精霊との約束事なのだという。ビオレッタのように、普段から闇の精霊と意思疎通が出来る場合は古代語すら必要ないが、大抵の魔術師は精霊を見ることが出来ない。故に、古代語という特別な言葉を使うことで、彼らに『願い』を認識してもらうのだ。

『まぁ……効率のいいやり方を知っているといえば知っているが、ビオレッタが自分で気づくまで、俺からは何も教えないって約束なんだ。ごめんな』

そう言って、ネロは耳をぺたんと伏せた。ネロが何かしら知っているらしいことはビオレッタも気づいていた。そのせいで彼が歯がゆい思いをしているのも知っている。

「いいんだよ、ネロ。ずっと一緒にいてくれるだけで、私は十分救われているんだから」

ビオレッタは人差し指でネロのあごの下をくすぐる。ネロは首をぐっと伸ばして幸せそうに喉を鳴らした。

翌日、衝撃の事実がビオレッタに突きつけられた。一ヶ月後に、光の巫女の譲位式が行われることが決定したという。まだまだ時間があると聞いていただけに、ビオレッタはショックのあまり頭が真っ白になった。

「大丈夫ですか？　ビオレッタ」

呆然とするビオレッタの両肩をエミディオがつかみ、気遣わしげに顔をのぞき込んだ。きらきらしい美貌を至近距離で見つめたことによって、ビオレッタは図らずも正気に戻り、慌てて視線をそらした。

「だ、大丈夫です。それよりも、譲位式が早まるだなんて……そんなに、現・光の巫女様の病状は悪いのですか？」

光の巫女は本人が引退を決める、または亡くなると、新しい巫女の選定式が行われ、半年間修行してから譲位式が行われると慣例的に決まっている。今回もその予定で段取りが組まれていたにもかかわらず早まるということは、光の巫女が民の前に立てない状態になったということだ。不安に瞳を揺らすビオレッタへ、エミディオは「光の巫女は……」と顔をしかめる。固唾をのんで続きを待つ彼女へ、エミディオは言った。

「ぎっくり腰になりました」

「…………はい？」

「前々から、腰を痛めていたんです。年も年ですので、本格的に痛めてしまわないよう注意はしていたんですが……。今朝、起きぬけにくしゃみをした瞬間、ぴきっと……」

「ぴきっと、いっちゃったんですね……」と、ビオレッタは遠い目をしてつぶやいた。彼女の足下で、ネロが『寝起きが一番危ないらしいぞ』と腰痛豆知識を披露し、エミディオも「あれほど寝起きは気をつけろと言い含めたのにっ」と嘆く。

「光の巫女は絶対安静となりました。ですので、あなたには一刻も早く光の巫女として立っていただきます」

エミディオの言うことはよく分かるし、ぎっくり腰がどれだけ大変なのかも聞いたことがある。だから、この決定に異議を唱えるつもりはない。唱えるつもりはないが……。

「しょっぱいよおぉぉ……」

ビオレッタの嘆きに、ネロは『心がな』と付け足した。

譲位式が決まってから、ビオレッタの日々は忙しくなった。今日は衣装の打ち合わせで、ビオレッタの衣装決めにもかかわらず、なぜかエミディオも同席していた。彼がなかなか納得しないため、ビオレッタは何度も着せ替えさせられる羽目になり、やっと合格をもらえたのは、純白のエンパイアラインのドレスだった。全体的にシンプルだが、胸元や裾にレースがあしらわれ、胸の下を絞る長いリボンは背中のラインに優しく沿った。

「これでいいでしょう。孔雀のように着飾るのもいいですが、やはり白鳥のような神聖さこそ光の巫女にふさわしい。それに、妖艶さより可憐さを引き立てる方が映えますね。皆の努力のおかげで、立派な光の巫女のできあがりです。ありがとうございます」

訳――光の巫女なんだから白に決まっているだろう。おまえ達が派手な服ばかりもってくるせいで時間がかかったじゃねぇか。

エミディオの言葉に頬を染めて喜ぶ侍女達を見て、ビオレッタは複雑な心境になった。

「どうしてあれで喜べるんだろう。嫌味なのに」

『世の中には、知らない方が幸せなことの方が多いんだよ。いいじゃねぇか。それであいつらが楽しく仕事できるんならさ』

確かに、その通りかもしれないと思ったビオレッタは、何も言わないことにした。

無事に衣装も決まったので、服を着替えてお茶にしようかと話していた矢先、部屋にレアンドロが飛び込んできた。血の気の失せた顔で息を切らす彼を見て、ビオレッタにも何かよからぬことが起こったのが分かった。

「太陽が……太陽が欠け始めました！」

レアンドロの信じられない言葉に、侍女たちは悲鳴を上げて身を寄せ合った。エミディオはすぐさま窓へと走り、空を仰ぐ。ビオレッタも一緒に空を見上げると、太陽の光が強すぎてはっきりとは確認できないが、左下のあたりが黒く欠けているように見えた。

太陽はアレサンドリ神国があがめる神の化身とされている。その太陽が欠けるということは、神の力が弱まったということを示していた。

「民の様子は？」

「みな、教会や城門前に集まっております。教会に集まった者達は現・光の巫女様が何とか落ち着かせようとしていますが、城門に集まった者達は今にも恐慌状態に陥りそうです。彼らを鎮めるためにも、お二人に出ていただけませんでしょうか？」

「分かっている。ビオレッタ。申し訳ありませんが、着替えている暇はありません。このままの姿でいきましょう」

ビオレッタの返事を待たずに、エミディオは部屋を出て行く。迷いなく進むその背中を、ビオレッタとネロは慌てて追いかけた。


外に出ると、昼前だというのにあたりは薄暗く、太陽が欠けているのを嫌でも実感した。普段は馬車に乗って通過するだけだった広い前庭を、ビオレッタはエミディオに手を引かれながら走った。

広い前庭の終わりは長い階段となっており、馬車用の斜路が階段を囲むように左右に伸びている。階段と左右の斜路が交わる広場の奥は城門へとつながっていて、金色の細く繊細な柵で出来た城門は芸術品のようだと言われている。いつもなら太陽の光を受けて神々しいまでに輝く門が、城門を隔てた先に集まる人々の顔と同様、暗くよどんで見えた。

「光の巫女様！」

「巫女様だ……巫女様がおいでになった！」

お披露目式用の衣装を着ていたことで余計に目についたのだろう。集まった人々は階段を下りてくるビオレッタ達に気づくなり、柵の間から腕を伸ばしてビオレッタへと助けを求めた。

同じだ――ビオレッタは足下から恐怖がせり上がるのを感じた。十二年前も、久しぶりに外へ出たビオレッタを人々が囲んだ。ビオレッタへと無遠慮に手を伸ばす者、おびえるビオレッタを守ろうとする者、それぞれが罵倒し合い、いつしか暴力へと移り変わるのを幼いビオレッタは目撃した。

記憶が生々しく蘇り、ビオレッタは階段の中程にある踊り場で足を止める。ネロはすぐさま肩に乗ってビオレッタの頬にすり寄り、少しでも恐怖を和らげようとする。ビオレッタ自身、光の巫女として叫び嘆く人々へ何かしなければと思うのに、実際は崩れ落ちそうな身体をなんとか保つだけで精一杯だった。このままでは、いつ彼らが暴徒となってもおかしくない。ののしり、傷つけ、理性なく目に映るものを破壊し始めるだろう。分かっているのに動けない自分が、情けなくて腹が立って、悲しい。

恐怖にすくみ上がったビオレッタを、静かな闇が包み込んだ。

「皆のもの、落ち着け。太陽が欠けようとも、我らの信仰が光の神の力となるだろう！」

ビオレッタを背に庇うエミディオは声を張り上げたあと、両手を組んで祈りの言葉を口にする。一節を読み終えたところで、居合わせた神官が続きを引き継ぎ、兵士たちが唱和すれば、徐々に人々へも浸透していった。

いったん場が落ち着いたところで、エミディオはビオレッタを振り向いた。

「ビオレッタ、落ち着いて。私を見るんだ」

声も出せず震えるビオレッタをエミディオは優しくなだめ、両手で彼女の顔を包んで上向かせる。ビオレッタの視界に、気遣わしげなエミディオの顔が映った。

「あなたにとって、不特定多数に囲まれることがどれだけ恐ろしいことかよく分かっているつもりです。ですが、今だけ。今だけは彼らに希望を見せてください」

揺れる瞳でエミディオを見つめながら、ビオレッタが「今だけ？」とつぶやくと、彼は「今だけです」と頷いた。

「張りぼてでも、完璧でなくてもいい。この一瞬、民の目を欺ければいいんです。それが、彼らの求める光の巫女ですから」

戸惑い、言葉に詰まるビオレッタへ、エミディオはいたずらっぽく笑う。

「あなたの目の前にいる私は、完璧な王子ですか？」

問われて、はたと気づく。エミディオのような、善人の仮面の裏で恐ろしいことを考えている人物を、完璧な王子だなんて思えない。けれど、民には理想の王子に見える。それは、彼が理想を演じきっているから。

張りぼてでもいい——その通りだと、ビオレッタは思った。自分はみんなが描く理想の光の巫女とはほど遠い性格だけど、逃げないと決めている。急場しのぎでも、最短任期でも、誰かに嘘つきと言われようと、ビオレッタは出来ることを精一杯やるしかない。

目の前にある問題を解決できるのは、ビオレッタだけなのだから。

「王子様。ほんの少しの時間でいいんです。みんなに会わせてください」

エミディオはうなずき、ビオレッタに背を向けた。すぐさま、彼の背後に張り付いていた闇の精霊がビオレッタを包む。

『安心して。太陽は死なない。ただ、影に隠れるだけ』

『闇は私たちの世界。でも、真っ暗な闇の中では私たちの姿は溶けて見えない』

闇の精霊達が唐突に語り出した。詩のような言葉はいまいち意味がつかめないものの、彼らが伝えようと必死なのは感じたので、ビオレッタは彼らの言葉を頭の中で反芻した。太陽が影に隠れるとはいったいどういうことなのか全く見当もつかないが、精霊達が大丈夫だと言うのだから、安心できるだろう。

ビオレッタが考えている間にも太陽がほとんど黒く塗りつぶされ、あたりは夜のように暗くなった。ビオレッタは空を見上げる。白いもやのような光が、黒く染まった太陽の輪郭を描き、まるで空に穴が空いたようだった。

　耐えきれずに叫ぶ人が現れだし、緊張が高まった。ビオレッタはすがるように肩に乗るネロを見て、彼の姿がかすんでいることに気づいた。ビオレッタは首をかしげながらネロへと手を伸ばす。ネロが鼻先をすりつける感触が手に伝わったので、彼が消えかかっているのではなく、ただ単に、見えにくくなっているだけと知った。

「ビオレッタ、大丈夫ですか？」

　声をかけられ、ビオレッタははっと前を見る。よっぽど集中して考え込んでいたのか、いつの間にかエミディオがこちらを振り向いていた。心配そうに自分を見つめるエミディオの視線とぶつかり、そして、気づいた。

　エミディオの周りを漂う、光の粒達に。

　ビオレッタは理解した。闇の精霊が言わんとしていたことも、なぜネロが見えにくくなったのかも。そして、エミディオを照らす光の正体も。

「王子様、私、この国にとって不都合なことに気づいてしまったかもしれません」

　エミディオは怪訝（けげん）そうな表情を浮かべ、ビオレッタの瞳をじっと見つめた。心の奥を探らんとする眼差（まなざ）しを、ビオレッタは臆することなく見つめ返す。すると、彼は観念するように息をついた。

「いいでしょう。たとえこの国にとって好ましくないことであろうと、いま必要なことなのでしょう？　光の巫女として民を落ち着かせられるなら、この際何でもいいです。ただ、後で説明してくださいね」

　そう、エミディオは笑った。ビオレッタは「任せてください」と笑みを浮かべ、人々の前へと歩を進める。

　新月の夜のような暗闇の中、ぼんやりと見える人々が一斉にビオレッタを見つめたのが気配で分かる。十二年前の恐怖が胸をよぎったが、いま、自分は光の巫女なんだと言い聞かせながら前へと進んだ。閉ざされた門の前に立ち止まり、大きく息を吸う。

「皆さん、どうか落ち着いてください。太陽が隠れようとも、この世界から光は消えません。光はいつも、私たちのそばにいます」

　ビオレッタの穏やかな声は極限の恐怖によってざわめく人々へ浸透し、水を打ったようにしんとなった。皆が一応の落ち着きを取り戻したところで、ビオレッタは両手を胸の前で重ね、目をつぶった。

『大気を漂う光の精霊達よ、暗闇にとらわれた我らに、その尊き姿を現したまえ』

　闇の精霊に願うときのように、ビオレッタは古代語で語りかけた。

　この世界には闇の精霊しかいないと言われていたけれど、ただ、見えなかっただけだとしたら？　光の巫女の使う力が、本当は光の精霊の力を借りていたのだとすれば？

　闇の精霊に好かれるエミディオがひときわ輝いて見えるのも、光の精霊が集まっていたからなのだとすれば？

ビオレッタの疑問に答えるように、真っ暗な闇の中、ぽつりぽつりとろうそくの灯火に似た柔らかな光が現れる。光の中に純白の精霊を見つけて、ビオレッタはうれしさのあまり頬(ほお)が緩(ゆる)んだ。

闇に包まれた今だからこそ、分かる。

光の精霊はそこにいたのだ。ビオレッタ達の、すぐそばに。存在が光そのものなので、太陽の光の下では姿がかすんで見えなくなってしまう。暗闇に溶けて見えなくなった、闇の精霊のように。

ビオレッタはさらなる願いを口にする。暗闇におびえるすべての人々へ、ささやかな奇跡を起こしてほしいと。彼女の願いを聞き入れた光の精霊達は、ほうき星のように光の粉を振りまきながら人々の頭上を飛び回った。

恐怖に身体をこわばらせていた人々は、光の巫女が起こした奇跡を前に、言葉も忘れて見入る。

人々の凍りついていた心が解きほぐされていくのを感じ、ビオレッタが胸をなで下ろしていると、黙って肩に乗っていたネロが頬にすり寄ってきた。相変わらず姿は見えにくいが、しっかりと温もりが伝わる。すぐ隣ではエミディオが優しく微笑(ほほえ)んでいて、彼の周りを大量の光の精霊がただよっていた。

「太陽だ。太陽が戻ってきた！」

誰かの声に誘われるままビオレッタは空を見る。空にあいた黒い穴の端から、力強い光があふれ出していた。光はみるみる闇を浸食し、ついには影を振り払う。太陽が戻るとともに、夜の闇が透き通った青空へと変わった。

太陽が元通りになり、安堵（あんど）した人々は空を見上げるのをやめ、金色の柵の向こう側に立つビオレッタを見た。明るい空の下で注目されたビオレッタは、光の巫女の仮面がはがれ落ちそうになるも、エミディオに背中をなでられたことでなんとか平静を保った。

「私たちの神の化身ともいえる太陽が欠け、驚くのも仕方がないと思います。でも、どうか忘れないでください。光と闇はふたつでひとつ。光の中だからこそ闇が見え、闇の中だからこそ光が見えるのです。この世界に、意味のない存在などありません。どうか、闇を恐れないでください」

ビオレッタは肩に乗るネロをひとなでしてから、人々へと深く頭を下げた。すべてを見守っていたエミディオが手を差し出し、顔を上げたビオレッタはその手を取る。

城へと戻って行く二人を、人々は見送った。光の巫女への感謝と、太陽の恩恵を地上へもたらす神への信仰を歌いながら。

太陽が隠れるという非常事態を無事に乗り越えた二人は、エミディオの執務室奥にて、お茶を飲んで心を落ち着かせていた。向かい合ってソファに座り、ビオレッタはネロを膝にのせ、中央のテーブルに置いてあるマドレーヌ――ではなく、そこにただよう闇の精霊と光の精霊を見つめた。

「まさか光の精霊がいるなんて……ネロが隠していたことって、このことだったのね」

『まぁな。ビオレッタに自分で気づいてほしいって、光の精霊が言い出したんだよ』

「おかしいと思っていたんだよ。王子様は誰よりもきらきらまぶしいのに、背中には大量の闇の精霊を背負っていてさ。光の精霊が見えるようになって分かったけど、そりゃあ、これだけ大量の光の精霊が周りを飛んでいればまぶしいよね。王子様ってば、愛されすぎ」

「あなたにおかしな人間だと思われていたとは。誤解が解けてほっとしました」

にこにこ顔でマドレーヌを頬張るビオレッタを見て、エミディオは目元を綻ばせた。

ビオレッタはマドレーヌを小さくちぎり、精霊達へと与える。光の精霊は、一度気づいてしまえば多少透けてはいるが姿が確認できた。

『私たちはきれいなものが好きなの。だから、エミディオは大好きよ』

「王子様、聞きましたっ？　光の精霊はきれいなものが大好きなんですって！　城にたくさんいるはずですね」

「はぁ……まぁ、あなたにきれいだと思われているのなら、光栄です」

「じゃあさ、闇の精霊は王子様のどこが好きなの？」

ビオレッタの問いに、闇の精霊は無邪気な笑顔とともに答えた。

『腹黒いところ！』

思いもかけない答えに、ビオレッタは「え……」と固まった。それを見たエミディオが、「ビオレッタ？」と眉をひそめる。

「ビオレッタ。闇の精霊はなんと言ったのですか？」

「いや、えーっと……その、好みなんて、個人の自由ですよね～」

ビオレッタがあからさまに目をそらしてごまかそうとすると、不意に視界へ割り込んできた手が、ビオレッタの肩を押した。くるりと回転する視界の中で膝から飛び降りるネロが見えたかと思えば、背中が柔らかなクッションに沈み込む。ソファの上に倒れたのだと気づいた時には、ビオレッタの視界をエミディオの顔が埋め尽くしていた。机を挟んで向かいに座っていたと思っていたエミディオが、いつの間にか自分をソファに押し倒しているというこの状況に、ビオレッタはただただあっけにとられた。

「……あの、王子様。この状況はいったい……」

「あぁ、すみません。あなたが私から目をそらすから、つい」

「つい、で押し倒さないでくださいよ！」

「そう目くじらを立てなくても……。先ほどから、精霊達とばかり話して、私をないがしろにするのがいけないのですよ」

「ないがしろになんてしていません。さっきだって、王子様について話していたじゃありませんか」

「だったら、闇の精霊がなんと答えたか、教えてくれますよね？」

ビオレッタは言葉につまり、顔を背けようとして、頬に伸びてきたエミディオの手によって正面を向かせられた。今更ながら至近距離であると気づいたビオレッタは、顔を赤くして硬直した。

「ねぇ、ビオレッタ。一度きちんと聞いてみたかったんです。あなたは、私のことをどう思っていますか？」

「……………精霊ホイホイ？」

考えるより先に素直な言葉が口をついてしまい、ビオレッタは顔を青ざめさせる。エミディオはビオレッタにのしかかったままうつむくと、「ふ、ふふふ……」と肩をふるわせた。

「おお、王子様！　すみません、いまのは違います。たくさん精霊をつれていてうらやましいなー、じゃなくて！　王子様は光の精霊が集まってくるほど美しい……っていうのも違いますよね、はい！」

ふくれあがる黒い気配に恐れをなしたビオレッタが、精霊を絡めずにエミディオについて語ろうとするもことごとく失敗し、さらなる不穏な空気の膨張を前に、ついには余計な口を閉じた。

ビオレッタが黙るのを待っていたかのように、タイミングよく顔を上げたエミディオは、先ほどまで影を背負っていたとは思えない神々しい笑みを浮かべ、言った。

「いままで私ばかり振り回されていました。ですがこれからは、やり返すことにします。覚悟してください」

「覚悟って、いったい何を？　……って、ちょっ、ちょっと待ってください！」

エミディオの顔が近づいてきていると気づいたビオレッタは、慌てて彼の胸に両手をついて押し戻そうとするが、びくともしない。どんどん近づいてくる美麗な顔を直視できず、ビオレッタがぎゅっと目を閉じると、額に人肌の温もりがほんわりと触れるのを感じた。

初めての感触にビオレッタが目を開くと、鼻先がくっつきそうなほど間近くに、エミディオの顔があった。

「お、王子様……いま、何しました？」

「何ってもちろん、口づけですよ。なんだったら、もう一度しますか？　今度は、ここにでも……」

そう言って、エミディオはビオレッタの唇に触れる。彼の言わんとすることを正しく理解したビオレッタは、湯気が出そうなほどに顔を真っ赤にした。それを見たエミディオは、満足そ

うな、それでいて少し幼く見える笑顔を浮かべてソファから降りると、固まったままのビオレッタへ手を差し出す。

「今日はこれくらいにしておきましょう。次をお楽しみに」

ビオレッタを引き起こしてソファに座らせ直すと、エミディオはつかんだままの彼女の手にキスを落とした。

「私は仕事に戻ります。あなたはどうぞゆっくりお茶を飲んでください」

ビオレッタの手から顔を上げたエミディオは、それだけ言って執務室を出て行ってしまった。

取り残されたビオレッタは、扉の閉まる音にびくりと反応した後、慌ててカップを両手でつかみ、中身を飲み干す。はぁ、と派手なため息をこぼしながらカップを下ろせば、さっきまでどこに隠れていたのか、ネロがテーブルの上にちょこんと座っていた。

「…………裏切り者」

『失礼な。気が利くと言ってくれ』

口が減らない相棒を前に、ビオレッタは空っぽなままのカップを口元へ持っていき、上気した顔を隠した。

第二章　もうひとりの巫女に王子様を押しつけようとした私が浅はかでした。

ビオレッタは悩んでいた。場所は城の神殿。聖堂の扉の前で金属製の丸い取っ手をつかんだまま、足下にちょこんと座るネロに見守られながら微動だにしないでぐるぐると考え込んでいた。

悩みといえば、ただひとつ。

本日の光の巫女としての修行は終えた。さて、これからどうする？

いままでになぞるならば、エミディオの執務室へお邪魔して、精霊達ときゃっきゃむふふなスウィートティータイムを堪能するのだが、今日はそれを行うことを躊躇してしまう。

理由は簡単だ。エミディオに会いたくないから。

太陽が欠けたあの日にエミディオが行った暴挙により、ビオレッタは彼が異性なのだと自覚した。神官長や護衛の騎士のように目の色を変えてにじり寄ってこないためすっかり安心してしまっていたが、彼も男性であるのだから節度ある距離を保つべきだろう。寄り道などせず、自分の部屋へまっすぐ戻ることこそが正解だ。

いや、しかし。エミディオの周りを飛び交う精霊達がビオレッタを待っているかもしれない。とくに光の精霊達は、ビオレッタに気づいてもらえたことがうれしいらしく、ビオレッタを見つけるとそばに寄ってくるのだ。いまだって、神殿をただよう光の精霊達がビオレッタの周りへ集まり、エミディオの元へ向かうのをいまかいまかと待ちわびている。エミディオに会いたいのなら、自分たちだけで行ってみてはと提案したのだが、大好きなビオレッタとエミディオがそろうからこそ意味があると言われてしまえば、もう黙るしかない。

こんなに健気なことを言ってくれる精霊をむげにすることなど出来るだろうか。いや、出来まい。ここはやはり、習慣通りエミディオの執務室へ――と思ったところで、理性が待ったをかけてくる。あのときエミディオは言ったではないか。次をお楽しみに――と。次はいったい何をされるのか。そもそも、次というのはいつを指しているのだろう。今日か、明日か、それとも実際は訪れることのない未来なのだろうか。

何ひとつ分からないこの状況でむやみにエミディオに近づくべきではない。精霊には申し訳ないが、今日はやはり部屋に戻ろう。そう決めて、ビオレッタは扉を勢いよく開いた。

「お迎えに上がりました、巫女様」

壊しそうな勢いで扉を閉めたビオレッタは、身体を扉に押しつけて固定した。なんの心構えもない状態で真っ正面からあの畏敬の眼差しを受けてしまい、ビオレッタが全身をかきむしりたい衝動と必死に戦いながら扉を押さえ続けていると、すぐ隣の扉がキイと開いた。

「何をなさっているのですか？」

　顔をのぞかせたレアンドロは、不思議そうに首をかしげている。観音開き（かんのん）の扉であることを忘れて片側だけを必死に押さえていたビオレッタは、ぐったりと扉にもたれかかりながら「何でもないです」と答えたのだった。


「おや、まぁ。珍しい状況ですね。何かあったのですか？」

　執務室へやって来たビオレッタを見るなり、エミディオは目を丸くして問いかけた。それも当然だろう。ビオレッタがあれだけ毛嫌いしていたレアンドロに抱き上げられながら登場したのだから。

「いや、もう、なんていうか……どうにでもなれって気持ちになって。とりあえず、疲れ切った心を癒（い）やさせてください」

　エミディオは瞬きを繰り返したあと、にんまりと笑って「どうぞ」と答える。それを聞くなり彼の背中にへばりつくビオレッタを、エミディオはちらりと振り返った。

「レアンドロを向かわせて正解でしたね」

「何か言いました？」

「いえ、何も」

エミディオはそう言ってまばゆく輝くような笑顔を浮かべたのに、どうしてだろう、ビオレッタにはそれが真っ黒に見えた。

訳が分からず首をかしげながらも、彼の背中から離れないビオレッタと、そんな彼女の見えないところでほくそ笑んでいるエミディオ。二人の足下で全てを見ていたネロは、『王子の手のひらで転がされてやがる』とつぶやいたのだった。


ビオレッタが光の精霊を見つけてから数日、闇に呑まれた太陽の代わりに光の巫女の祝福が降り注いだあの日は陽寂の日と名付けられ、奇跡を起こしたビオレッタは名実ともに次期光の巫女であると誰もが認めていた。

魔術師一族ではあるが古い歴史をもつルビーニ家の出で、歴代の光の巫女のなかでも群を抜いて強い力を持つ巫女となれば、政治家達が次に起こす行動はしれている。

「…………いま、なんとおっしゃりました？」

「ですから、あなたと私の婚約が決まりました。歴代の光の巫女は皆、王族や有力貴族と婚姻を結ぶ慣習があるのはあなたも知っているでしょう。まぁ、継承式のあとに婚約式を行うというのは、少々急な話ではあると私も思いますがね。でも、婚約自体はなんらおかしな話ではありません」

「いやいやいや、おかしいですって！　わわ、私と、おおうおう王子様が……こっ、婚約って！　私、嫌われ者の魔術師ですよ！」

「嫌われていると言っても、それは宗教的な問題からでしょう？　神官達が毛嫌いしているだけで、実際はそれほど国民からは嫌われていません」

　魔術師は光の神と同じように闇の精霊も崇拝(すうはい)するため、教会から嫌われている。しかし、魔術師の本来の仕事は闇の精霊の力を借りてささやかな奇跡を起こすことではなく、植物から多種多様な薬を作り出すことだ。魔術師が作った薬によって助かった命がいくつもあるため、人々が魔術師を排除することはなく、王家も魔術師の存在を認めている。それが却(かえ)って教会の顰蹙(ひんしゅく)を買うという悪循環に陥(おちい)っていた。

「教会の首長である神官長が賛成しているんです。問題ありませんよ。それに、神の末裔(まつえい)とされる王族に魔術師の娘が嫁(とつ)ぐことで、魔術師が光の神への恭順を示した、というふうにとらえられます」

　政治的な駆け引きを聞いて、ビオレッタは呆然(ぼうぜん)としたまま「そうなんですか……」と答え、その足下でネロが『くだらねー』と鼻で笑っていた。

「いや、でも、だからって婚約しなくても……」

「そんなに私と結婚したくありませんか？」

ビオレッタがバカ正直に頷くと、エミディオの顔があからさまに引きつった。

「ちなみに、理由を聞いても?」

「だって、私なんかが王族になるとか、無理ですって。それに、結婚は好き合った相手とするものでしょう?　そもそも、王子様は私なんかと結婚できるんですか?」

ビオレッタの問いに、エミディオは顔色ひとつ変えずに「出来ます」と答えた。

「私は第一王子です。王族として産まれたその瞬間から、政略結婚することは決まっているんだ。相手が誰であろうと、決まった以上は結婚します」

自分から質問したことなのに、エミディオの答えを聞いたビオレッタは、なんだかぎゅっと胸が苦しくなった。どうしてそんな気持ちになるのか分からなくて戸惑っていると、ネロが彼女の肩に乗って頬をすり寄せてきた。ビオレッタはすがるようにネロを胸に抱き、ネロを見つめるふりをして顔をうつむける。

「婚約のことは、ちょっと、考えさせてください」

「これは決定事項です。覆ることはありません」

淡々としたエミディオの言葉が、冷たいつららとなってビオレッタの心に突き刺さった気がして、ビオレッタは「分かってます」と声を強めた。

「ただ、あまりに突然だから……時間がほしいだけです」

胸に抱くネロを見つめたまま顔を上げようとしないビオレッタを見て、エミディオは長いため息をひとつこぼした。

「政略結婚と無縁だったあなたにこんなことを押しつけて、申し訳ないと思っています。ですが、どうか受け入れてほしい」

　エミディオはうつむいたままのビオレッタの頬を両手で包み、優しく促すように顔を上げさせる。目があった彼は、どこか弱々しい笑みを浮かべ、言った。

「私は、政略結婚の相手があなたでよかったと思っていますよ」

　ビオレッタは目を見開いて固まる。いったいそれは、どういう意味なのか。問いかけようとするまえに、エミディオはビオレッタに背を向けて、レアンドロにビオレッタを部屋まで送るよう指示を出してしまう。

「巫女様、参りましょう」

　レアンドロに促されて、ビオレッタはエミディオの執務室を出て行く。扉が閉まる瞬間まで、ビオレッタがどれだけ目で追っても、エミディオが振り返ることはなかった。


　部屋まで戻ってくるなり、ビオレッタはベッドに潜り込む。エミディオが異性であると意識したとたんに婚約話が持ち上がり、さらにエミディオには喜んでいる、みたいなことを言われてしまえば、混乱の極みにいたるというもの。

「あれ、でも……あなたでよかったって、喜んでいるわけではないのか？」

全く見知らぬ相手でないだけよかったとか、生理的に受け付けない相手でなくてよかった、という意味なのかもしれない。エミディオは自分がいつか政略結婚するだろうと分かっていたと言った。相手が誰であろうと、決定すれば従うと。

つまり、相手がビオレッタでなくても彼は結婚するのだ。様々な政治的要因からたまたまビオレッタが選ばれただけで、エミディオがビオレッタを妻にと望んだわけではない。

だからあの、よかったという言葉も、それほど心のこもったものではないのだろう。

『ビオレッタ』

ないだ海のように落ち着いた声で呼びかけられ、ビオレッタははっと意識を現実へ引き戻す。毛布が作り出した暗闇に、本来の姿に戻ったネロがただよっていた。

『大丈夫か？』

ネロは猫の時以上に豊かになった表情をゆがませて、ビオレッタを見つめている。いったい何が彼をそんなに不安にさせているのだろうとビオレッタが思っていると、ネロはどこか寂しい笑みを浮かべて、ビオレッタの頬に触れた。

『泣いている』

言われて初めて気づく。ネロが触れる頬に、一筋の涙がこぼれていた。どうして泣いてしまったのか、戸惑うビオレッタへ、ネロは幼子を諭すような柔らかな声で語りかける。

『分からないならそのままでいい。ずっと狭い世界にひきこもっていたんだ。めまぐるしく変化する状況に、対応するだけで精一杯になっても仕方がない。いろんなことを考えるのはもう少し後でも構わないはずだ。結婚っていうのは、一生の問題だからな』

余計なことは考えずにネロの言葉に聞き入っていたビオレッタは、雷に打たれたような衝撃を受けた。

混乱のあまり基本的なことを忘れていた。結婚とは、つまりは一生の問題なのだ。

光の巫女としての義務は全うしようと決めたビオレッタだったが、それは結局、引退するまでの間だけであって、最短任期を終えたあとはルビーニ家の屋敷で素敵ひきこもりライフ（光の精霊も一緒だよ）を楽しむつもりだった。しかし、結婚するとなると全てが変わってくる。期間限定ではなく、一生の話だ。

私は一生、光の巫女として生きていくの？

答えは――否だ。

「無理無理、ずぇっっっっったいに無理！　一生きらきらしい世界で暮らすだなんて、溶けて消えて無くなるわ！」

毛布をはねのけたビオレッタはそう叫び、弾むようにベッドから飛び降りて部屋を出た。扉の前で警護していた騎士は、突然出てきたビオレッタに驚いていたようだが、ビオレッタは彼を視界に入れることもなく廊下をひた走った。

向かう先は、エミディオの執務室だ。

エミディオの執務室を目指していたビオレッタは、扉まであと少しというところで部屋を警護する騎士達に足止めされた。どうして通してくれないのかと問いかけても、彼らは濁すばかりで明確な答えを教えてくれない。誰か来客があるわけでもなく、ただ、ビオレッタを部屋に近づけるなと言われたようだ。

エミディオがビオレッタを避けているのだろうか？　何かあるとすれば、それは先ほどの、婚約云々についてだ。あのときはビオレッタでよかったなどと言っておきながら、実際は心の中で最悪だ、と思っていたのだろうか——そんなことが頭をよぎって、ビオレッタはなんだか無性に不安になってきた。目の前に立つ騎士が、閉じられたままの扉が、エミディオの本音を表しているように見える。エミディオが結婚をいやがっているのなら、むしろ好都合のはずなのに、彼に面と向かって拒絶されたらと思うと、怖くて動けない。前に進めない。

「光の巫女が、もうひとり見つかったですって⁉」

エミディオの執務室からレアンドロの声が聞こえてくる。まるで悲鳴のようなその声を聞いたビオレッタは、すぐさまネロに指示をして護衛騎士達の視界を闇に沈める。驚き戸惑う彼らの間を縫って進み、執務室の扉を開け放った。

「光の巫女がもうひとりって、本当ですかっ？」

　部屋へ飛び込むなりビオレッタが問いただすと、執務机で書類に目を通していたらしいエミディオは、いっそすがすがしいほどに大きな舌打ちをした。

「足止めが無駄になったな、レアンドロ」

「申し訳ありません」

「いやいやいや、さらっと私を無視しないでくださいよ！」

　部屋の中程でエミディオに頭を深々と下げるレアンドロを押しのけ、ビオレッタはエミディオのすぐ目の前に立った。

「私は次期光の巫女として城に滞在しているんですよ。つまりは当事者です！　知る権利があります！」

「最近の若い者は、自分の権利ばかり主張しますね」

「何を言っているんですかっ？　そもそも、王子様だって若者じゃないですか――って、違う！　そうじゃなくて、もうひとりの光の巫女のことを話しているんです！」

　誤魔化(ごまか)されないぞとばかりにエミディオをにらみつけると、彼は面倒そうにそっぽを向いて盛大に嘆息(たんそく)した。

「先ほどレアンドロが叫んだとおりですよ。光の巫女かもしれない少女が、もうひとり見つかったという知らせが届きました。ですが私は、誤りだろうと確信しています」

「どうしてですか！」

くってかかりそうな勢いのビオレッタへ、エミディオは冷めた目を送る。

「陽寂の日に、あれだけの奇跡を見せたあなたがいるのですよ？　あなた以上にふさわしい人間がいるとは思えませんね。これは、陛下や神官長も同じ意見です。よって、この話はこれにて終わりです」

「嫌です！　光の巫女かもしれないってことは、光の精霊が彼女を選んだかもしれないってことです。それを無視するなんて出来ません！」

「……それで？　もし見つかったもうひとりが本物の光の巫女だったとして、そのときあなたはどうするのですか？　元のひきこもり生活（光の精霊もついてきたよ）に戻るつもりですか？」

「それは、その……そうなります。だって、光の巫女じゃなければ私なんて必要ないですもん」

「私との婚約も、彼女に押しつけると？」

ビオレッタは言葉に詰まって押し黙った。

エミディオが他の誰かと婚約する？　そう考えると、なんだか胸がもやもやと気持ち悪くなる。だが、もともとエミディオとの婚約話が出たのもビオレッタが光の巫女だからだ。光の巫女ではないビオレッタとエミディオが婚約したところで、なんの意味もない。

エミディオだってさっき言ったじゃないか。これは政略的な婚約なのだと。

そして、相手が誰であろうと結婚すると。

ビオレッタはおずおずと、しかしながら深く頷く。するとエミディオは、手にしていた書類を机に叩きつけて立ち上がった。彼から剣呑な空気を感じたビオレッタは一瞬ひるんだものの、勇気を振り絞って言い返す。

「だだ、だって、光の巫女の慣習で決まったって、言っていたじゃないですか！　王子様が婚約したのは光の巫女です。私じゃありません」

絶対零度の視線を送っていたエミディオの目元がひくりとゆがんだかと思えば、にやりと、泣く子も黙りそうな壮絶な笑みを浮かべた。恐ろしい笑みの標的にされたビオレッタは「ひぃっ」と、喉が詰まったような悲鳴をあげた。

「……確かに、あなたの言うとおりですね。では、私自ら花嫁を迎えに行くことにしましょう。ビオレッタ、あなたにも同行していただきますよ」

「どど、どうしてですか」

「もし万が一、本当に彼女が光の力を操れたとして、それはつまり光の精霊が関係しているということでしょう？　精霊と意思疎通できるのは、あなただけです」

確かにその通りだったので、ビオレッタは何も言えなくなる。そんな彼女をエミディオが鼻で笑うのを見て、ビオレッタの中で何かが切れた。

「分かりました。分かりましたよ！　こうなったら、もうひとりの巫女が本物であると私が証明して、それで晴れて自由の身となった暁には、実家に帰らせてもらうんですからぁ！」

かくして、光の巫女の責務とついでに腹黒王子を押しつけちゃおうぜ作戦の始まりである。

もうひとりの光の巫女候補が見つかった場所は、国境でもある高く険しい山の麓にひっそりと存在する村だった。

エミディオ自ら調査に行くと言い出したとき、城は密かにざわついた。信憑性に乏しい報告に対し、第一王子自ら動くというのはどうか、と周りは反対したが、全てエミディオが華麗に言いくるめてしまう。ただ、ビオレッタまで動くと注目を集めすぎてしまうため、身分を隠して神官見習いとして同行すると決まった。

件の報告から三日後、エミディオとビオレッタは同じ馬車に乗って問題の村へと向かった。お忍びという形をとったため、無駄な装飾も紋章もない漆黒の馬車に乗って、必要最低限の護衛騎士に先導されながら村を目指す。

今回、護衛騎士を指揮するのはレアンドロだった。普段、ビオレッタを少し離れたところから見守っている彼だが、実は王族を守る近衛騎士団の中でそこそこの地位を持つ人だったらしい。さらに王子とは剣の師が同じで、厳しい師の下お互いに切磋琢磨した二人は、揺るぎない信頼関係で結ばれているという。そういえば、他の騎士達とはデザインの異なる鎧を着ているな、とか、誘拐犯を瞬時に滅する動きも見事なものだなぁ、とビオレッタも思っていたのだ。

だがまさか、王子を警護するために集められた超精鋭部隊の指揮を執れるほど、実力と信頼があるとは思わなかった。そんな人を護衛が誘拐犯になったとき用の護衛、などというふざけたポジションにおいてもいいんだろうかとビオレッタは一瞬考えて、すぐに放棄した。レアンドロを側に置くことはビオレッタの心の平穏を保つ上で到底不可能だ。下手にお伺いを立てて、だったら護衛にしましょうと言われてはかなわない。

ビオレッタは頭の中に浮かんだ不都合な疑問をため息とともにふうと吐き出し、改めて目の前へと意識を戻した。質素すぎる外見の馬車は、一歩中へ入れば一変して豪奢になる。床のカーペットからクッション性の高い座席、背もたれ、壁紙、天井にかけて、金の刺繍がつながるように施してあり、天井の中央には太陽を模したアレサンドリ王家の紋章が刺繍してあった。

王族が使うにふさわしい逸品ではあるが、馬車ゆえに狭く、向かい合って座るビオレッタとエミディオの膝がくっつきそうなほど距離が近い。が、二人の間に流れる空気は殺伐としたものだった。ビオレッタの膝の上で丸くなるネロも二人の空気を敏感に察して居心地が悪いのか、尻尾を絶えず振り回している。エミディオの隣に座るレアンドロに至っては、無の境地といわんばかりに無反応だ。ただそこに存在しているだけ、といったふうである。

なぜこれほどまでに空気が重いのか。それは、口論をしたあの日から、ビオレッタとエミディオはわずかも和解していないからである。

エミディオは周りを説き伏せるのに忙しかったし、ビオレッタはビオレッタで自分からエミディオに会いたくないと意地を張っていた。そうこうしているうちに出立のための準備で二人とも忙しくなり、結局、あのけんかから三日、まともな会話すら出来ていない。ビオレッタが城に来てから、こんなにエミディオと言葉を交わさなかったのは初めてのことで、ゆえにいまさら、なんと言って声をかければいいのか分からなかった。

重苦しい空気をのせた馬車は、本来四日かかる道程を一日短縮した三日で走り抜け、太陽の代わりに星が世界を照らす頃、問題の村までたどり着いた。三週間後に継承式と婚約式を控えているため強行軍となっており、もともとひきこもりであまり体力のないビオレッタは馬車の中で生けるしかばねと化した。


ビオレッタが動けなくとも、世の中というのはどんどん回っていくもので——

馬車が村の教会前に停車すると、エミディオは動けないビオレッタを放置して馬車から降りた。村の教会は、村と同じようにこぢんまりとしていて、ほとんど飾り気がない。子供が描いたようなとがった三角屋根に真っ白な壁、観音開きの木の扉の上には、丸いステンドグラスがはめ込んであった。煙突に見えるのは実は塔で、てっぺんに鐘がひとつぶら下がっていた。

素朴ではあるが、村人によって大切にされているのがよく伝わる教会の横には、この村には全くもって似つかわしくない巨大な屋敷が建っていた。

ハチミツ色の煉瓦を積み上げた壁と、濃い茶色の屋根を持つ建造物は、この辺りの家屋としてはまったく珍しいものではない。が、とにかく大きかった。王都であれば目立たなかったかもしれないが、ここは国境近くの小さな村だ。村人が全員入れそうなほど大きな屋敷など、不要だ。


「これはこれはエミディオ殿下。こんなへんぴなところまで、よくお越しくださいました」

教会の前で馬車を出迎えた男は、今回の知らせを送ってきた神官で、名前をバレリオという。元々は有力貴族の三男坊で、現在の神官長が選ばれる前、次期神官長の座を争ったほどには優秀な男だった。しかし、権力を欲するあまり汚いことに手を染め、やり過ぎたために一部が露見し、こんな最果ての村の教会へ左遷されてしまったのである。

エミディオは幼い頃から彼を知っており、貴族出身ではない現・神官長を執拗に敵視するなど、選民意識が強すぎて嫌いだった。それは彼が三男だったがゆえに、貴族でありながら親の権力を得られなかったことへのコンプレックスからきているのだろうと神官長が話していたが、案外当たらずとも遠からずかもしれないとエミディオは思った。

辺境の村の神官とは思えない、紺の布地に銀糸の刺繍が覆い尽くすやたらと豪華なローブに身を包んだバレリオは、エミディオの前で片膝を付いて頭を垂れた。

「バレリオ神官自らの出迎え、ありがとうございます。早速ですが、光の巫女はどちらに？婚約式が三週間後と迫っていましてね。物事を迅速に進めるため、私自らやって来ました」

訳——俺自らきてやったんだから問題の娘も出迎えに加わるべきだろうが。こっちは一分一秒でも惜しいんだよ。さっさと会わせろ。

エミディオの本心に気づかないバレリオは、姿勢を正して大きく頷いた。

「さようでございましたか。私めの言葉を信用して殿下自らお越しいただけたこと、この上ない喜びでございます。ですがあいにく、娘は今日一日部屋で祈りを捧げております。なんでも、ひとり祈りを捧げ続けることでその身から俗世の汚れが落ち、さらなる光の力が授かるとのことで……」

「では、今日は会えないと？」

「誠に申し訳ありません。どうか、ご容赦いただきたく」

バレリオは膝を折って頭を下げる。エミディオはローブとおそろいの帽子をにらみつけたものの、すぐにいつもの柔らかな笑みを浮かべ直し、「仕方あるまい。楽しみは明日へとっておきましょう」と答えた。顔を上げたバレリオは、にたりと、胸焼けするような笑みを浮かべた。

「ありがとうございます。せめてものお詫びに、宴の用意をしてあります。なにぶん、自給自足の貧しい村ですので、ささやかなものではございますが、どうぞお楽しみください」

「あぁ。心遣い痛み入ります」

訳――お前の都合を押しつけやがって、あとで高く付くからな。

エミディオはバレリオの案内で、教会ではなく隣の屋敷へと案内される。馬車の前を離れる際、エミディオは斜め後ろに控えていたレアンドロにビオレッタを休ませるよう指示をするのを忘れなかった。

屋敷へ入る直前、エミディオはさりげなさを装いながら馬車を振り返る。レアンドロに抱き上げられて馬車から出てくるビオレッタを一瞬だけ確認し、すぐに前へと向き直った。

さぁ、社交という名の、汚い駆け引きを始めよう。

エミディオは不敵に笑った。もしもビオレッタが起きていたのなら、叫びだしていただろうほどの黒い影をその背から放ちながら。


「おはようございます。といっても、もう昼前ですが。少しは体調が回復されましたか？」

起き抜けにエミディオの太陽光スマイルを受けたビオレッタは、もう一度寝直したい心境に陥（おちい）ったが、いくら何でも寝すぎだろうと思い身を起こした。村へ到着した記憶がないことから、昨日の夕方あたりからずっと寝ていた――というより気絶していたと思われる。

ビオレッタの腹の上で眠っていたらしいネロは、彼女が身を起こしたことでコロコロと転がっていったが、のっそりとのびをしたあと、ビオレッタへとすり寄ってきた。ベッドの縁に座るエミディオの他に、ベッドから少し離れた位置に立つレアンドロも見つけたビオレッタは、あえて視点を合わせず流した。

　ビオレッタが休んでいた部屋は、贅(ぜい)の限りを尽くしました、といわんばかりの部屋だった。えんじ色にツタ模様が広がる壁紙に、所々金の装飾がなされた白い家具。ビオレッタが眠る天蓋(てんがい)付きのベッドも、ほかに三人ほど眠れるくらい広い。

「どこか痛むところはありますか？」

「とくには、ないです。このベッドのおかげでしょうか？」

　ふかふかなのにきちんと身体(からだ)を支える堅さもある。毛布は羽のように軽いのに暖かさは申し分なく、肌に吸い付くようなしっとりした肌触りで気持ちがよかった。

「確かに、そのベッドは寝心地が良いですね。こんなへんぴな村でこれだけ上等なものをそろえるだなんて、いったいどれだけの金が必要だったんでしょうねぇ」

　確かに、さぞかし値の張る品なんだろうな――と思ったところでビオレッタははたと気づいた。

「え、待ってください。どうして王子様がこのベッドの寝心地を知っているんですか？」

「愚問(ぐもん)ですね。私も寝たからに決まっているでしょう」

「は……ぃぃぃいいいいいっ！」

　ビオレッタが腹の底から叫ぶと、ネロがひらりとベッドから飛び降りた。このベッドを見たとき、何人か一緒に眠れそうだ。とは思った。だが、だからといって誰かと寝ても良いな、と思ったわけではない。ましてや、異性とだなんて。

「お、およおよ、お嫁に行けない……」

「何言っているんですか。すでにもらい手が決まっているでしょう」

　エミディオにうまく切り替えされ、頭を抱えていたビオレッタはうっと声に詰まった。

「……まだ、決定ではないです」

　ビオレッタがぼそりと言い返すと、エミディオから射ぬきそうな勢いの視線が飛び、ビオレッタはすうっと顔をそらした。

「あなたは私の側控えとして同行する神官見習いということにしました。そうすれば、一緒に行動していてもなんらおかしくはないでしょう。ただ、一介の神官見習いでしかないあなたに個室を割り当てるのは不自然ですし、他の神官達と同じ部屋にするわけにもいかないので、私と同じ部屋になりました」

「だからといって、一緒に眠る意味が分かりません」

「この部屋には見ての通りベッドがひとつしかありません。そうですねぇ……あのソファでなら眠るくらいは出来るかもしれませんが、この私にあんな不自由なところで眠れと？　それとも、疲れ切っていまにも別世界へ旅立ってしまいそうなあなたをベッドから追い出せばよかったのですか？」

そこまで言われると何も言い返せないビオレッタは、口をとがらせて「お心遣い、感謝します」とぶちぶち答えた。今夜からは、絶対ソファで寝るんだ！　と心に決めて。

「……まぁ、良いでしょう。あなたがぐーすか眠っている間に、我々は光の巫女候補だという少女に会いました。アメリアという名前だそうですよ」

「えっ、本当ですか！　起こしてくれてもよかったのに」

「残念ながら、あなたが起きていたとしても会えなかったでしょうね」

いったいどういうことなのか、ビオレッタが眉をひそめると、珍しくレアンドロが口を挟んできた。

「あのバレリオという男、身の程もわきまえず、殿下に意見をしたのです。光の巫女は尊い存在故、それなりの身分をようするものにしか会わせないと」

「昔から選民意識の強い勘違い野郎だったからね。貴族以外が巫女に近づくのは許せないんだそうです」

「ということは……王子の他に、誰が会ったんですか？」

「レアンドロだよ。彼は伯爵家の人間だからね」

「次男ですので、何かを受け継ぐということはありませんが」

苦笑を浮かべるレアンドロを見ながら、ビオレッタは納得した。彼の普段の立ち居振る舞い、言葉の節々からにじみ出る気品は、貴族として幼い頃から教え込まれたものなのだろう。かくいうビオレッタも曲がりなりにも貴族令嬢なので、突飛なことばかりしているようで公の場ではまともである。それ故に婚約話が出てきてしまったということに、彼女は気づいていない。

「あなたはいま、ただの神官見習い、ということになっていますから」

　そう言いながら、エミディオはビオレッタにフードをかぶせる。くすんだ白に青い縁取りがなされた神官見習いのローブを着たビオレッタは、共布で作ったケープのフードで顔半分を隠してしまえば、少年に見えることだろう。

　きちんと顔を隠したビオレッタは、レアンドロに手を取ってもらいながらベッドから降りる。フードで視界が陰るおかげでレアンドロに対して過剰な拒否反応が出ず、ビオレッタは普段からずっとこれをかぶっていたいと密かに思った。

　ビオレッタがしっかりと立ち上がったところで、レアンドロが部屋の外で待つ使用人に食事の用意を指示する。次々に料理が運ばれ、部屋に置いてあった大きな丸テーブルが埋め尽くされた。使用人達が全員出て行ってから、ビオレッタはレアンドロにエスコートされて席に着く。向かいに座るエミディオの側仕えという名目でここにいるのだが、給仕は全てレアンドロが行ってしまった。

　丸一日ぶりの食事を終え、食後のお茶を飲んでほっこりするビオレッタへ、エミディオとレアンドロは件のアメリアという少女に会ったときの状況を教えてくれた。

「あれは、会ったと言えるのでしょうかねぇ」

そうしみじみエミディオが言うのもうなずける。なんでも、アメリアとは昨夜宴が行われた広間にて、白い垂れ幕越しに謁見したという。ただでさえ見えづらい状況で、アメリアはベールを被り、体型を隠すだぶついた服を身に纏って顔どころか性別すら分からなかったという。

「声で判断できなかったのですか？」

ビオレッタの問いに、エミディオではなくレアンドロが「無理でした」と答えた。

「殿下の質問に、本人ではなくバレリオが答えたのです。不敬にもほどがあります」

「え、じゃあ、アメリアさんは一言もしゃべらなかったんですか？」

よほど腹を立てているのか、レアンドロは不快感を露わにした顔で頷いた。

「それでどうやって光の巫女候補だと証明するんですか？」

「祝福程度の光を手のひらに出しました。垂れ幕越しにですが、何も持っていなかったと思います」

「となると、光の力が操れるのは本当なんですね」

ビオレッタが納得すると、レアンドロは苦虫をかみつぶしたような表情でうなった。何が彼をそうさせるのか分からず、ビオレッタが首をかしげると、エミディオが苦笑しながら話を引き継ぐ。

「バレリオが言ったんですよ。陽寂の日に、アメリアがほうき星のような光を降り注がせたとね」

「巫女様が起こした奇跡を自らが行ったと騙るだなんて……許せません！」

「いや、でも、あの日の奇跡がどこまで広がっていたのか分かりませんし、嘘って言い切れないのでは？」

ビオレッタは闇におびえる人々へ奇跡をと願ったのだ。それが国のどの地域まで広がったのか全くの未知である。

ビオレッタ自身に否定されると思っていなかったのか、レアンドロはぐっと歯を食いしばり、「それだけではありません」と声を強めた。

「バレリオは……あろう事か巫女様を侮辱したのです！　インチキ魔術師一族の娘だ、と」

レアンドロの話を聞いて、ビオレッタはやっと合点がいった。光の巫女を全身全霊で崇拝するレアンドロが、大切な大切な自分の巫女に難癖をつけられて怒らないはずがない。いつか見せた跳び蹴りをバレリオにお見舞いしなかっただけ、よかったと思うべきだろう。

ビオレッタがなるほどと頷いていると、エミディオが「怒らないんですか？」と問いかけた。

「はい？　どうして怒るんですか？」

「あなたは、貶められたのですよ？」

「あぁ、インチキ魔術師ってやつですか？　そんなの、言われ慣れてます」

さらりと言い切るビオレッタをエミディオとレアンドロは奇異の目で見つめた。

「じゃあ、こちらからも聞きますけど、レアンドロさんは、私が魔術師だと聞いてどう思いました？」

「魔術師であろうがなかろうが、ビオレッタ様は私が仕えるべき巫女様です。それは、一目で分かりました」

「うん、それは分かっているんですけど。そうじゃなくて、会う前の話。ただの事前情報として、魔術師の娘が光の巫女に選ばれたと聞いたとき、どう思いました？」

「それは……」

「インチキ魔術師が光の巫女になるなんて、何かの間違いだ——似たようなことを思いませんでした？」

口を開けたものの何も言えないレアンドロへ、ビオレッタは「ほらね？」とたたみかける。

「魔術師は異端。それがこの国の人々の常識です。だから、今更面と向かって言われようとも何とも思わないんですよ」

むしろやたらとにじり寄ってくる現状の方が困っている——というのはあえて言わないでおいた。

レアンドロは何か言おうと必死に考えているようだったが、結局何も思い浮かばなかったのか長い息とともに口を閉ざしてしまった。押し黙ってしまったレアンドロに代わり、席を立ったエミディオが、ビオレッタのすぐ側に寄り、言った。

「……あなたが言っていることは一理あります。ですが、あなたのために怒ったレアンドロの

気持ちも考えてください」

ビオレッタは目を見開く。いままでずっと、レアンドロは光の巫女としてのビオレッタしか見ていないと思っていた。しかし、本当は魔術師であるビオレッタを認めたうえで、魔術師という存在そのものも認めてくれていたのかもしれない。だからこそ、魔術師をインチキな存在だと言い放ったバレリオに腹を立てた。それなのにビオレッタは、レアンドロを否定してしまったのだ。

「レアンドロさん、ごめんなさい。それから、私たち魔術師のために怒ってくださって、ありがとうございます」

他ならぬビオレッタ自身が、魔術師を貶めていた。その事実に気づけたのは、自分のために怒ってくれたレアンドロのおかげだ。ビオレッタが深く頭を下げると、慌てて駆け寄ってきたレアンドロが、彼女の両肩をつかんで身を起こさせた。

「どうか、私などに謝らないでください。これは、我々の罪なのです。魔術師という存在を理解しようともしないで否定し続けていたから、こんな間違った常識がはびこってしまった。あなたたち魔術師は嘘をついていない。精霊は、私たちの側にいるのでしょう？」

ビオレッタは目だけでなく、口もあんぐりと開けて固まった。まさか、敬虔(けいけん)な信者であるレアンドロから精霊という言葉を聞くだなんて、思いもしなかった。

「私はずっと、巫女様を見守ってきたのです。ですから私は、精霊の存在を信じます」

そう言って、レアンドロはいたずらが成功した少年のような笑みを浮かべる。思わず見惚(みと)れていると、傍(はた)で見ていたエミディオがフードを引っ張り、ビオレッタの注意をひいた。

「あなたが思っている以上に、人々はあなたを好意的にとらえているんですよ。ですから、最初からあきらめたりせずに、頑張ってみてはいかがですか？」

「……頑張るって、何をですか？」

「人々に、精霊を認めさせることです」

ビオレッタは一瞬息を止め、はじかれるように足下のネロを見る。

人々に精霊の存在を認めてもらうだなんて、考えたこともなかった。光の神への信仰はこの国を支える上で大切であり、闇の精霊ならまだしも、光の精霊はその信仰を揺るがしかねない。それほどまでに大きな変化をもたらす事実を、どのようにして人々に受け入れてもらえばいいのだろう。

考えても考えても、答えは見つかりそうになかった。

押し黙ってしまったビオレッタをそのままにして、エミディオとレアンドロは今後の方針を相談していた。ビオレッタとエミディオのふたりで村人からアメリアの情報を得るということで決まったらしく、レアンドロはビオレッタに一言断ってから部屋を出ていってしまった。続いてエミディオとともに部屋を出ると、廊下(ろうか)にはすでにレアンドロの姿はなく、部屋の前で待機していた護衛騎士が礼をした。

「レアンドロさんが護衛についてくれるんじゃないんですか？」

「いえ、彼には彼の仕事がありますので、別行動です」

いったいどんな仕事が？　と思ったものの、ネロが肩へよじ登ってきたためその疑問は追うことなく霧散した。


バレリオの屋敷を出たビオレッタとエミディオは、村の家を一軒一軒回ってアメリアについて調べた。山の斜面に存在する村は、ただでさえ深い緑に取り囲まれているのに、庭いじりを好むのか、ほとんどの家が育てているらしい木々に埋もれていた。初夏の日差しを受けて輝く青葉の傍には光の精霊が、豊かな自然が作り出す濃い影には闇の精霊がそれぞれ気持ちよさそうにただよっている。幸せそうな精霊達を見て、ビオレッタも温かな気持ちになりたかったが、そうは問屋が卸さなかった。

これほどまでに見事な自然を保っているにもかかわらず、村人達はビオレッタ達に対してとても冷たかった。いや、冷たい、というのは少々語弊がある。

村人達は、アメリアについて何も語ろうとしなかった。

最初は王子であるエミディオが傍にいるため、萎縮しているのだと思っていた。だが、どれだけビオレッタが話しかけても、どの家の人を訪ねても、みんなこれといって何かを語ることもなく、答えを濁して去ってしまう。その様子がまた、何かを非常に恐れているように見えたために、ビオレッタも強く出られなかったのだ。黙ってことの成り行きを見ていたエミディオも、同じことを思っていたのだろう。

「……これは、バレリオが裏で手を回していると思って間違いないでしょうね」

エミディオの考えにビオレッタは同意する。

「村人の様子を見る限り、バレリオさんって、いい人ではなさそうですね」

「先ほども言いましたが、あれは選民意識の強い、器の小さな人間なんですよ。この村へ飛ばされたのも、汚職が原因ですしね」

権力が集まるところでは多少の汚職は目をつぶるべきなのかもしれないが、ビオレッタとしては聖職者の不正などあまり聞きたくない話だった。

陽も傾いてきたところだし、今日の所は屋敷へ戻ろうかと話していると、「ねえ、あんたたち」と声をかけられる。村人に話しかけられるなんて初めてのことだったので、ビオレッタが慌てて振り返ると、三十代後半くらいのほっそりとした女性が立っていた。

「王都からアメリアを迎えにきた使者って、あんた達だろう。私はアメリアの母親だ。あんた達に話したいことがあるから、家まで来てくれないかい？」

あまりに気安すぎる物言いに、ビオレッタは彼女がエミディオの正体を知らないのだと気づく。慌てて教えようとして、エミディオに腕を掴(つか)まれた。

「このまま、私のことは黙ってついて行きましょう。アメリアという少女について、調べられるチャンスです」

エミディオの言うことはもっともだったので、ビオレッタは痛む良心に目をつぶり、アメリアの母だという女性のあとへついて行った。


女性が案内したのは、小さな家だった。中に入ってもやはり狭く、玄関を入ってすぐの居間には、テーブルを挟んで椅子(いす)が二脚置いてあるだけ。居間の奥にある扉は、状況から考えるに寝室へつながっているのだろう。子供を持つ家族が暮らすには手狭そうに見えた。

居間に置いてある二脚の椅子のうち一脚には、すでに男性が座っていた。女性と同年代くらいの男性に席を立つ気配がなかったため、ビオレッタはもう一つの椅子にエミディオを座らせ、自分は彼の斜め後ろに控えた。

「ここがアメリアの家だというのなら、あなたは、彼女の父親ですか？」

エミディオの問いに、男性は「そうだ」と頷(うなず)いた。

「我々はアメリアさんについて調べています。彼女がなぜ光の力を授かったのか。また、いつから光の力を扱えるようになったのか、教えて――」

「そんなことよりも、あんたに聞きたいことがあるんだ」

アメリアの父親だという男性は、あろう事かエミディオの言葉を断ち切って勝手に話し始めた。

「アメリアが光の巫女として王都へ召し上げられるさい、俺たち両親へはいくらの報奨金（ほうしょうきん）がもらえるんだ？」

「報奨……とは、いったい何への？」

「そんなの、アメリアを産んだことに対してに決まっているじゃねぇか。俺と家内がいなければあいつはこの世へ産まれなかったんだ。礼金ぐらいもらったって罰はあたらねぇよ」

「……なるほど。それで、報奨と。ですが、まだ彼女が光の巫女と決まったわけではありませんよ？」

「あいつが光の力を操るのを、あんたも見たんだろう？　だったら決まりじゃないか。それよりも、光の巫女っていうのは、国からいくらもらえるんだ？　俺たちへ金を送るくらいの余裕はあるんだろう？」

父親はエミディオの話に耳を傾けようともせず、ひたすら金の話ばかりしている。いつしかそれに母親も加わり、ふたりで王都へ移り住むなどと言い出した。まるで会話が成り立たず、いったい自分達は何と話しているのだろう――と、ビオレッタは思わずにはいられなかった。

エミディオもあきらめたのか、嘆息（たんそく）しながらかぶりを振り、立ち上がる。

「あなたたちと話すだけ無駄だったようです。では、失礼」

エミディオは一言断りを入れ、両親が何か言ってくる前にさっさと玄関へと移動する。ノブをつかもうと手を伸ばしたところで、扉が勝手に開いた。

「お父さん、お母さん、ただいま！」

可愛らしい、元気に弾んだ声で帰宅を知らせながら家に飛び込んできたのは――

白い子猫を肩に乗せた、幼い少女だった。

光の巫女となるべく選定試験を受けられるのは、十四歳から十八歳の少女と決まっている。しかし目の前に立つ、長いふたつお下げと赤い頬が愛らしい少女は、どう考えても十一、二歳にしか見えなかった。

衝撃的すぎる事実に、ビオレッタだけでなくエミディオも唖然としていると、何も分かっていないらしい母親が「なんだいアメリア、何しに来たんだい」と問いかける。はっと我に返って思わず母親へと振り向いてしまったビオレッタ達と違い、アメリアは駆け足で逃げていってしまった。慌てて二人が家から飛び出すも、すでにアメリアの姿は見えなかった。

「……逃げられてしまいましたか。不覚ですね」

悔しそうに頭をかきむしるエミディオの横で、ビオレッタはそわそわと足踏みしながら、足下のネロを見る。

「どど、どうしよう、ねぇネロ、あれって……」

『そうだな。あの白猫は、光の精霊だ』

ネロの返答を聞いて、なんだかいろいろと面倒なことになりそうだと確信したビオレッタは、思わず叫び声を上げた。


「殿下のおっしゃるとおり、アメリアは十二歳になったばかりだそうです」

夕食を終えて部屋でくつろいでいたビオレッタたちの元へ、聞き込みを終えたレアンドロが報告した。昼間は口の堅かった村人達だが、ビオレッタ達がアメリアに会ったと説明すると、すらすらと話してくれたそうだ。

「村人達は明言を避けていましたが、口止めしていたのはバレリオと見てまず間違いないでしょう」

「我々をだまし通せると思ったんでしょうかねぇ。いや、思ったのか。あの男は狭い世界に生きているから」

辛辣（しんらつ）なエミディオの言葉に、しかし誰も反論しなかった。

「どうしてそうまでしてアメリアを光の巫女にしたいんですか?」

「おおかた、アメリアの後見人として王都へ戻り、権力を握りたいのでしょうね」

エミディオはうんざりだといわんばかりの表情で肩を落とした。

「だからといって、よりにもよって光の巫女を騙るだなんて……許せません!」

拳を握って憤るレアンドロへ、「あのー……そのことなんですが」と、ビオレッタは片手をちょこんと持ち上げながらおずおずと口を開く。

「アメリアが見せたという光の力なんですけど……あれ、たぶん、本物だと思います」

「本物……ということは、あんな子供が光の巫女だと?」

床を凍りつかせそうなほど冷たい声をエミディオが発する。お座りしていたネロはぶわっと毛を逆立たせながらビオレッタの頭の上へ避難し、ビオレッタは「ちち違いますぅ!」と大急ぎで訂正した。

「そうじゃなくてですね、アメリアは光の精霊の力を借りている、と言いたいんです!」

「その根拠は? あなたはあの場にいなかったでしょう?」

「アメリアがつれていた真っ白な子猫。あれは光の精霊です」

エミディオは記憶を探り始めたのか、あごに手を添え、視線を宙へ投げかける。数秒の後、「あぁ」と納得してビオレッタへ向き直った。

「確かにつれていましたね。ふわふわと毛足の長い、ぬいぐるみみたいな白猫を」

「白猫？　精霊は猫の姿をしているのですか？」

レアンドロが当然の疑問を口にし、場の空気がひた、と止まった。

敬虔な光の神の信者であるレアンドロに詳しく教えてもいいものか、ビオレッタは視線だけでエミディオに問いかける。エミディオは肩をすくませてレアンドロへと顎をしゃくった。許可が下りたと判断したビオレッタは、「実はですね……」と前置きをしてから話し出す。

「精霊は、それぞれ自分にあった環境にとどまるものなんです。闇の精霊は暗いところに集まるし、光の精霊は日が射すところであれば好きなように動き回っているけれど、太陽が沈むと眠ってしまいます。でも、一部の精霊は、気に入った相手とずっと一緒にいるために何かに擬態するんです。たとえば、私が連れてるネロも、実は闇の精霊です」

「えっ……、その黒猫が……闇の精霊？」

レアンドロがにわかには信じられないとばかりにネロを凝視すると、ネロはその身を黒い霧に変え、レアンドロの顔へと飛んでいった。視界を奪われるのかとレアンドロは身構えたが、霧となったネロは彼の顔のすぐ横で猫の姿に戻り、後ろ足を肩に、前足を頭に乗せ、勝ち誇った顔でレアンドロを見下ろした。

『ふふふ。これで信じただろう』

「……いま、信じるしかあるまいと言われている気がします」

「だいたいあってます。もうネロ！　レアンドロさんが困っているでしょう」

　ビシリと固まったまま動けないレアンドロを見て。ネロはふっと鼻で笑う。

『坊やには刺激が強すぎたか。しっかしお前、本当に真っ白で裏表のない心だな。もっとこう、腹の奥に一物抱えてくれていたら、エミディオに負けない居心地の良さを誇ったと思うんだが』

「巫女様。これは、私の肩を気に入ったということなのでしょうか？」

「いえ、その……レアンドロさんはそのままで良いです！」

『黒くなぁれ。黒くなぁれ』

「やめて、ネロ！　レアンドロさんも、真面目に耳を傾けないでください！」

　呪詛めいた言葉を投げかけるネロと、何も知らずに闇の精霊からの言葉を理解しようと、猫語に耳を傾けるレアンドロ。そんな一人と一匹の考えを正しく理解した上で止めようとするビオレッタ。混沌とした模様の二人と一匹を止めたのは、エミディオの静かな声だった。

「ネロ」

　たった一言、名前を呼んだだけなのに、ネロはぴたりと口を閉じてエミディオを見た。

「おいで、ネロ」

　きらきらとまぶしい、それでいて背後に全てを飲み込んでしまいそうなほど深い闇を広げたエミディオが、ネロへ手を伸ばす。エミディオの必殺スマイルに射ぬかれたネロは、大きく身震いをしたのち、〝にゃははぁ～ん〟という、何ともしまりのない声をあげてレアンドロの肩から飛び降り、エミディオの足にすりついた。

「ふふふ。可愛らしいですね。あなたはこうやって私に媚びを売っていれば良いんですよ」

エミディオが膝をついてネロをなでると、ネロはゴロゴロと喉を鳴らしながら手に顔をすり寄せ、そのまま寝転がってエミディオに腹をなでてもらい、くねくねと背を地面にすりつけた。

プライドもへったくれもないネロの姿を見て、ビオレッタとレアンドロの胸に空っ風が吹きすさぶ。

「……いま、殿下を目の敵にする巫女様の気持ちが分かりました」

「くうっ……私、負けない！」

拳を握ってぎりぎりと歯を噛むビオレッタの肩に、レアンドロはぽんと手をのせるのだった。


「……話が脱線してしまいましたね。結局の所、ビオレッタはアメリアのことをどう思っているのです？　精霊達は、彼女についてなんと？」

レアンドロが用意したティーセットが並ぶ机を挟み、エミディオと向かい合うようにして座るビオレッタは、膝の上でもじもじと握る両手を見つめた。

「光の巫女というのは、精霊が気に入った人を選んで決まるんだと思います。けれど、精霊は気分屋だから、気に入った人間がひとりとは限らないと思ったんです」

「光の巫女が二人いても、おかしくないと？」

ビオレッタが頷くと、エミディオは長い長い息を吐いて、頭を抱えた。

「……あなたはもう少し、周りに目を向けるべきです。自己を過大評価しすぎるのもはた迷惑ですが、過小評価しすぎるのも困りものだ。私はあなたほど精霊について知りません。ですが、気に入った人間というだけで光の巫女を選んだりなどしないと思いますよ」

ビオレッタは反論しようと口を開くが、机の上でお座りしていたネロが立ち上がり、ビオレッタへと歩み寄って尻尾を頬へすり寄せてきたため、タイミングを逃してしまった。

「いいですか。光の巫女という責務は、並大抵の覚悟じゃ出来ない大役なんですよ。陽寂の日を思い出してください。何かあったとき、一番前に立って国民を導かなければならないのです。そんなこと、誰にでも出来ることじゃない」

「でも、私は――」

「あなたは私に言いましたね。やれるやれないではなく、やるんだと。そして、あなたは見事にやってのけた。そんなあなただからこそ、精霊は選んだのだと思いますよ」

エミディオの言葉がにわかに信じ切れなくて、ビオレッタはネロを見る。ネロは黙って、ビオレッタの頬に自らの頬をすり寄せた。ただそれだけで、ビオレッタの胸にくすぶっていた不安が溶けるのがわかる。きちんとビオレッタを見て、ビオレッタだからこそ選んだんだよと、言われた気がした。

ビオレッタはにじみ出した視界を誤魔化すようにネロを胸に抱くと、そのつややかな黒毛に顔を埋め、話し出した。

「アメリアの周りには、白猫の姿をとった光の精霊しかいなかったんです」

「それは、つまり？」

「光の巫女様と以前お会いしたとき、彼女の周りには、光と闇、両方の精霊がたくさんただよっていました。私も、行く先々で精霊達が近寄ってきてくれます」

　この村の精霊達も、ビオレッタを見るなりそばへ近寄ってきた。しばらくとどまるものもいれば、すぐに帰って行くものなど、反応は様々だったが、誰しもが一度はビオレッタの顔を見ていく。それはまるで、よく来たね、と歓迎してくれているみたいだった。

「きっとアメリアにとってあの白猫は、私にとってのネロと同じなんです。でも、彼女にはその光の精霊しか見えないそうです」

「その光の精霊しか見えない？　それは、他の精霊が教えてくれたことですか？」

　ビオレッタは頷き、精霊が教えてくれた数少ない情報を話し始めた。

　精霊は、基本的に人間に深く干渉しない。彼らに何かを語らせるには、それ相応の対価を必要とするのだ。にもかかわらず、ビオレッタがアメリアと会ってから、精霊達は彼女に関して自ら語りかけてくるようになった。

　精霊達が語る内容は断片的なもので全体をうかがい知ることは難しい。彼らが話したことは、アメリアが光の巫女ではないこと、白猫の精霊しか見えないこと、そして。彼女をこの村から出すべきだ、ということ。

「光の巫女でもないのに、どうして連れ出す必要が？」

「よく分からないけれど、彼女をこの村から遠ざけてほしいんだと思います。普段は人間に関わろうとしない精霊達が言うのだから、余程のことです」

なぜ村から遠ざけるべきなのか、精霊達は決して語らない。いろいろなことを知る精霊達は、自分達の助言、ひいては存在のせいで人間達に大きな影響を及ぼすことを嫌うからだ。精霊の存在を知るものだけが力を得る、ということがないように配慮(はいりょ)してのことだろうが、いまはそれがもどかしく思える。

アメリアの身に起きた、見えないものが見えるようになるということ。それはどんな状況だったのだろうかと考えて、ビオレッタは胸がきゅうっと絞られるように痛んだ。おそらく、それこそがアメリアを村から遠ざけたい理由なのだろう。ビオレッタは目をきつくつむって細く長い息をひとつ吐くと、まぶたを開けて向かいに座るエミディオを見据える。

「王子様、お願いです。アメリアをこの村から連れ出してもらえませんか？　その後のことは、私が何とかしますから」

願いを口にするビオレッタは、凛々(りり)しくも温かい、『光の巫女』の顔をしていた。

翌日、エミディオはアメリアと謁見し、当然のように彼女の脇に控えるバレリオへ、アメリアを光の巫女候補の、候補、として王都へ連れて行くと告げた。

「なぜ、候補なのです？　アメリアが光の力を操るところを、殿下もご覧になったではありませんか！」

候補の候補という扱いになるとは夢にも思わなかったのだろう。不服そうに顔をゆがめるバレリオへ、エミディオは悠然と答えた。

「確かに、光の力を操っていました。ですが、あれぐらいのこと、城で待つもうひとりの光の巫女候補でも出来ること。光の巫女はこの世にただひとりの尊い存在。誰よりも強く光の力を扱えねばなりません。よって、アメリアには城で待つ光の巫女候補とともに王都の教会で選定の水晶に触れていただき、より強く水晶を輝かせた方を光の巫女とします」

バレリオはまだ何か言いたそうではあったが、エミディオは無視して背を向けた。背後のバレリオがいまにもつかみかからん勢いでにらみつけているのを肌で感じ、エミディオは背を向けたまま ちろりと赤い舌をのぞかせたのだった。

アメリアを王都へ連れて行くと決まったことで目的を達成したビオレッタ達は、明日村を出ることになった。出発が決まってもエミディオにはまだまだやることが残っているらしく、ビオレッタに部屋の片付けをしながらおとなしく待っているよう指示し、レアンドロを伴って部屋を出て行ってしまった。取り残されたビオレッタは、他にやることもないので、エミディオと自分の二人分の荷物をまとめていた。

「ねぇ、ネロ。本当に、これでよかったんだよね？」

『アメリアのことか？　村で過ごす精霊達から頼まれたんだろう。だったら、そうした方が良い』

ネロの言うことは至極まともなことだし、正しいとビオレッタも頭では理解している。介入を嫌う精霊達が自ら進言してきたのだ。それほど事態は緊迫しているのだろう。だからこそビオレッタも、エミディオに頼んだのだ。

「でもさぁ……まだまだ幼いのに、両親と離ればなれだなんて……」

ビオレッタからすると話の通じない変わった人だが、アメリアにとっては自分を産んで育てた唯一の両親だ。両親に会いに来たときのアメリアの顔が忘れられない。目を輝かせて。両親に一秒でも早く会いたいと全身で語っていた。きっとまだまだ親に甘えたい年頃の少女を、親元から強引に離してしまってもいいのか？

いやしかし、精霊達があれほど言うのだから、ここは心を鬼にして連れ出すべきだ。そう考えた傍から、本当にそうか？　という疑問が心の隅からじわじわとわいてくる。

昨夜から、ビオレッタの心の中は、二つの相反する考えがぐるぐると渦巻いていた。

『……世の中にはな、いろんな家族の形があるんだよ。王都へ行くとアメリアが決めたのなら、お前がとやかくいう問題じゃない』

突き放すようなネロの言葉に、ビオレッタは「そうだけどぉ……」と口をとがらせ、けれど結局何も言わなかった。ビオレッタはアメリアのことを全く知らない。言葉すら交わしたことがない。だから、何かを言う権利は持ち合わせていないのだ。

とりあえず悩むことに区切りをつけることにしたビオレッタは、旅行鞄に荷物を詰める作業を再開した。このまま続ければ、エミディオ達が戻ってくるという夕方までに終わりそうだ。そんなことを思っていたら、どこからともなく猫の鳴き声が聞こえてきた。

「ネロ……じゃないよね」

ネロの鳴き声よりもずっと高くて丸い鳴き声は、裏庭を眺めることが出来る窓から聞こえていた。近づいてみると、両手のひらに載りそうな小さな白猫が窓枠を必死にひっかいている。長い毛も相まってぬいぐるみのようなころりとしたフォルムは、思わず抱きしめてしまいたいほど可愛らしい。事実、ビオレッタは抱きしめたい衝動に駆られたが、理性を総動員してこらえた。

この猫は、ただの猫じゃない。アメリアがつれていた白猫だ。

ビオレッタはすぐさま窓を開けて白猫を部屋に入れようとする。だが、白猫は裏庭へと降り立ってしまった。

「あなたはどうしてここにいるの？　アメリアは？」

ビオレッタの問いに、白猫は『助けて！』と答えた。何事かとビオレッタが窓から身を乗り出すと、白猫は早口に言った。

『アメリアが大変なの！　お願い、助けて！』

「え、え、え？　大変って、何があったの？　もっとちゃんと説明して」

『説明している暇なんてないっ。お願いだから私についてきて！』

言うなり、白猫は裏庭を駆け出し、少し離れたところで立ち止まって振り返る。あの慌てようでは、正面玄関を通って裏庭へ回る余裕はなさそうだ。仕方なく、ビオレッタは窓枠に足をかけた。

『おいおいおい。ついて行くのかよ』

「だって、助けてって言われちゃったんだもん」

『だからって、窓から出る必要はないだろう』

「大丈夫！　一階だから」

『そういう問題じゃねぇ！』

ネロと言い合っている間にも、窓から裏庭へと降り立ったビオレッタは、白猫のふさふさと太い尻尾(しっぽ)を追って駆け出す。渋っていたネロもすぐに追いかけてきて、ビオレッタを抜いて白猫とビオレッタの間を走った。

バレリオの館はビオレッタの頭が隠れるくらいの塀(へい)に囲まれている。正門と裏門があり、そのふたつにはエミディオが連れてきた護衛騎士が警護しているのだが、ビオレッタが抜け出した窓からまっすぐ走った先に、教会へと通じる小さな通用口があった。バレリオの屋敷も例に違(たが)わず植木がはつらつと生い茂りすぎており、いくつも重なる緑の草木の向こうに扉が隠れ、さらにそれ自体にツタがびっしり張り付いていたことも相まって、よほど近寄らないと気づけなかった。まさに隠し通路という様相の扉なのだが、アメリアのことを心配していたビオレッタは、なんの疑いもせずにその扉をくぐってバレリオの屋敷から抜け出してしまった。

バレリオの屋敷を抜けた白猫は、教会の裏手の山へと走っていく。青葉が作る影に覆(おお)われた山道はしっとりと薄暗く、木々の隙間(すきま)に注ぐ初夏の日差しが宝石のように輝いて見える。緩(ゆる)やかな傾斜ではあるものの、十二年ひきこもっていたビオレッタに上り坂は厳しく、ふらふらになりながらも樹を伝うようにして何とか追いすがった。もう足が上がらないと感じ始めた頃、隙間から射す光の垂れ幕の向こう、鮮やかな黒い影の中に立つ白い人影を見つける。

アメリアだとすぐに理解したビオレッタは、続いて水の流れる音を聞いた。近くに川が流れているのだろうかと考えながら距離を詰めていくと、背中を向けるアメリアの向こう側に地面が無いことに気づいた。

「アメリア、だめ！」

ビオレッタは声の限り叫び、どこにそんな力が残っていたのか、しっかりとした足取りで駆け寄ってアメリアへと手を伸ばす。

いまにも飛び降りてしまいそうな彼女の腕をとろうとして――

強い光が、ビオレッタの視界を真っ白に染め上げた。

目がくらんでなにも見えなくなったビオレッタが事態を理解する前に、誰かが彼女の背中を押した。

視界を閉ざされたビオレッタが感じたのは、一瞬の浮遊感と、自分を押し上げるような強い風。嵐の夜のような吹きすさぶ風の音に混じって、流れる水音が近づくのを聞いていると、やっと回復してきた視力が最初に映したのは、きらきら輝く川の水。

そして、灰青の水の世界だった。


真っ青だった空が夕方に向けて白く色を抜き始めた頃、レアンドロとともに明日に向けての準備を全て終えたエミディオが、ビオレッタの待つ部屋へ戻る。部屋に入る際、扉の前で警護していた護衛騎士に何も問題が起こらなかったのかを確認し、ビオレッタがおとなしく過ごしていたと報告を受けてから中へと入った。

一歩踏み込んですぐ、エミディオは異変に気づいた。それは斜め後ろに控えるレアンドロも同じだったのだろう。彼のまとう空気が一気に緊張し、片手を腰に挿す剣に添えながら前に出る。レアンドロが安全を確認するのを待ってから、部屋の奥へと進んだ。

机の上やベッドに置きっぱなしの旅行鞄。開いたままのクローゼットから引き出したらしい服は鞄に詰めている最中だったのかベッドに散乱している。お世辞にも片付いているとは言えやしないが、荒らされたわけでもなさそうだ。

ただ、ビオレッタがいないというだけで。

「ビオレッタはどこから出て行った？」

「おそらく、こちらの窓からと思われます」

部屋の一番奥の窓が開き、レースカーテンが風になびいている。カーテンの隙間から覗くのは、庭と言うには少々語弊があるように思えるほど緑深い裏庭だ。

「総出でビオレッタを探せ。レアンドロは私とともにビオレッタの足取りを追うぞ」

ひらりと窓枠を飛び越えるエミディオの背中へ、レアンドロは「御意」と答え、窓枠に足をかけた。

「うえ……げほっ、ごほっ……」

一心不乱にもがいて何とか川岸までたどり着いたビオレッタは、喉（のど）に詰まった水をはき出して呼吸をある程度落ち着かせたあと、何とか川からはいでて草の上に倒れ込んだ。重い身体（からだ）を動かして仰向（あおむ）けになり、視線だけで流れてきた川を見る。

無我夢中でここまで来たが、おそらく、ビオレッタはアメリアによって川へ突き落とされたのだろう。不幸中の幸いは、崖（がけ）から落ちてもけがをしない程度に川が深かったことと、川が大きく曲がっていたためにビオレッタでも岸へたどり着けたことだろうか。ただ、結構な距離を流された気がするので、自力で戻れないかもしれない。

「やばい……王子様が、戻って、くるぅ……」

いまになって考えてみれば、白猫の行動はおかしいことばかりだった。一匹でビオレッタの元を訪れ、詳しい説明もせずに連れ出し、隠し通路を使って屋敷を出る。どう考えても、ビオレッタをおびき出そうとしていたではないか。

「でも、あのときは……必死、だったんだー……もぉん」

まさか精霊が誰かを陥（おとし）れるだなんて、思いもしなかった。精霊は気に入った人間に肩入れする傾向にあるが、きっちりとした節度というか、善悪の考えを持っている。たとえ気に入った人間のためとはいえ、誰かに危害を加えるなんてことはありえないと思っていたのに。

アメリアと白猫の絆（きずな）はビオレッタが考えるよりもずっと強いのだろう。そこを見誤ったから、こんな分かりやすい罠に引っかかったのだ。自分の情けなさに笑いがこみ上げてきて、ビオレッタは両腕で顔を覆った。とにかく身体が重くて仕方がない。このまま一眠りしてしまおうかと考えていると。

『ビオレッタ！　おいっ、ビオレッタ、無事か！』

聞き慣れた声と、胸に乗っかってくる心地良い重みに、ビオレッタは全身のこわばりがほどけていくのを感じた。目を覆っていた腕を下ろしてきちんとまぶたを開けば、視界を占めるネロが彼女の頬をなめた。

「……ネロ、じょりじょり痛い」

猫に擬態しているとはいえ、ざらざらの舌まで真似しなくてもいいのに、とビオレッタは思った。

『文句が言える元気があるならひとまず安心だな。とにかく起きろ。陽が暮れる前に村か、それが無理なら安全に夜が越せる場所へ向かうぞ』

ネロの指示を聞いて、そんな無茶な、と思ったビオレッタだったが、確かにこのまま夜まで寝転がっていれば、狼か何かにおそわれるだろう。せっかく助かった命を無駄にしたくないビオレッタは、最後の気力を振り絞って立ち上がり、水を含んで重い服を絞った。濡れた服を干して乾かす余裕はないため、ある程度絞ったところで出発することにする。ここ数日は汗ばむ陽気が続いている。濡れたまま着たとしてもすぐに乾くだろうし、風邪をひく心配もいらないのは不幸中の幸いだった。

ビオレッタはあたりをただよう精霊達に声をかけ、村への案内を頼んだ。精霊達は濡れ鼠状態のビオレッタがよほど哀れに映ったのか、対価を求められることもなく案内し始めてくれた。

川沿いに進むと遠回りになるらしく、精霊の先導に従いながら、ビオレッタはうっそうとした森の中を進んでいく。獣道ですらない場所を歩くのはとにかく大変だが、精霊達がビオレッタの周りを飛び回って必死に応援してくるため、それに後押しされる形で足を前へ前へ進めていった。

空からビオレッタを隠すように樹木の葉が茂り、まだ陽が高いはずなのに薄暗い。光の精霊に進むべき道をほんわり照らしてもらいながら進んでいたが、時間がたつにつれ陽が陰ってきたのか、隙間から差し込む光が弱まり、薄暗さが増した。

「これは、夕方が近いってこと?」

葉の天井を見つめてビオレッタが問いかけると、少し前を歩いていたネロも同じように緑を仰いで頷いた。

『そうだ。もうあと一時間ほどでこのあたりは暗くなるだろう』

「……そうなったら、光の精霊は寝ちゃうよね?」

ビオレッタが問いかけると、目の前を照らしていた光の精霊がしゅんと顔をうつむけた。

「あぁ、ごめん。責めているわけじゃないよ。光の精霊が暗くなると動けないこと、知ってる」

闇の精霊が暗い場所を好むように、光の精霊も明るい場所を好む。とくに光の精霊は太陽の光を好み、太陽が地中へ沈むと眠りに落ちて朝日を待つそうだ。太陽のいない夜に起きてもらうためには、それ相応の対価が必要になる。

「明かりもないのに夜の山を歩くのは危険だよね。いまは対価になるものもないし……ここはいったん、どこか安全な場所で夜を明かす方がいいか」

ビオレッタの決断に、ネロをはじめとした精霊達が頷き、光の精霊が別の道を照らし出す。一定間隔を置いて光が浮かび、まるでそこに道があるように錯覚しそうだが、相変わらずの悪路だった。白猫を追って走っていた時点でへとへとだったのに、川を泳いでからの山歩きとくれば、気力も限界だった。時折ふらついて膝をつきながらも、食らいつくように光の精霊が照らす道を進む。

精霊が案内したのは、急斜面にぽっかりと空いた洞窟だった。人が数人通れる大きさで、洞窟の中は平らで歩きやすい。よほど深い穴なのか、ビオレッタの周りをただよう光の精霊だけでは果てを照らすことが出来ない。

「これって、人が作った穴？」

『一昔前に山を隔てた国との戦争があってな。そのときにアレサンドリ側が掘った隠し通路だ』

「え、何それ怖い」

『安心しろ。道はつながっていない。あと少しでつながるっていうところで大きな地震が起こってな。せっかく掘った道が半分ほど崩れたんだ。しかも、その地震の被害がどちらの国にも出て、結局戦争は終結した』

「待って。それって、明らかに生き埋めになった人とかいるんじゃ……」

『そいつらのおかげで獣が寄ってこないんだ。結果オーライだろ』

「いやああああああ！」

すでに腰を落ち着けていたビオレッタが這うようにして洞窟から出るのを、ネロは笑いながら眺めた。

「ビオレッタ！　ビオレッタ、どこだ！」

国境の山にエミディオの声が響く。

村人からビオレッタが白猫を追いかけて山へ向かったと聞いたエミディオ達は、すぐに護衛総出で山に入った。捜索を始めてから間を置かずに、ビオレッタが羽織っていたケープを発見したまではよかった。しかし、それが川沿いの崖であることから、彼女が川に落ちたことはまず間違いないと判断し、川を下りつつ捜索を初めてしばらく。もう陽が暮れ始めているというのに、ビオレッタどころか手がかりひとつ見つからない。せめて、岸に上がった痕跡だけでも見つけられたなら——と、エミディオは頭に浮かぶ最悪の結果をなんとか払拭したかった。

「殿下。このままでは陽が暮れるのも時間の問題です。巫女様の捜索は我々に任せて、殿下はいったん村へお戻りください」

　レアンドロの進言を聞いて、エミディオは「なに？」と、剣呑な声を発した。

「この私に、ビオレッタを置いて村へ戻れと……ビオレッタを諦めろというのか？」

　エミディオは、にぃっと唇の端をつり上げる。見る者の背筋を凍らせる恐ろしい笑みに、レアンドロを含めた全ての護衛騎士が絶句する。

「覚えておくがいい。私は私のものを奪われることが何より嫌いだ。ビオレッタを取り戻さずに村へ戻るなどありえない。陽が暮れる？　そんなことぐらいで、この私を止められると思うな。ビオレッタは私が必ず見つける。諦めてなどやるものか」

　普段のエミディオからは考えられない烈しい言葉は、全てのものを従わせる、不思議な力を帯びていた。


　ネロに脅かされて洞窟から逃げ出したビオレッタは、結局、一部嘘（どこまで本当かは絶対に吐かなかった）だとネロに白状させたうえで、洞窟の入り口で一夜を明かすことにした。

　火をおこすことも食料を調達することもできないビオレッタは、無駄な体力を使わないよう、壁際でおとなしく膝を抱え込む。

陽が暮れるにつれ、一匹、また一匹と光の精霊がいなくなっていく。彼らがいなくなっても闇の精霊が傍にいてくれているが、夜の闇の中では彼らの姿は溶け込んで見えづらい。唯一、ネロだけは萌黄色の瞳がかすかな月明かりを吸い込んで輝き、居場所が分かった。

真っ暗な世界で、大好きな闇の精霊と過ごす。それは光の巫女に選ばれるまでの十二年の間、ビオレッタが生きてきた世界だった。だから、月明かりすら届かない真っ暗闇でも、自分以外の人が傍にいなくても平気――の、はずなのに。

どうしてだろう、いま、ビオレッタは泣くのをこらえていた。

包み込むような暗闇は何も見えなくて恐ろしく、音もなく黒に沈む世界は静かすぎて落ち着かない。

光がほしい。

貫くように強くて、温かくて、ビオレッタの心に様々な変化をもたらす、唯一の光。

「王子様ぁ……」

心に浮かんだ人を呼べば、もうこらえることなど出来なくなった。一瞬にして視界がゆがみ、ぼろぼろと大粒の涙がビオレッタの頬をぬらす。闇の精霊達がどれだけ慰めても、ネロが頬をなめようとも止まらない。ビオレッタは声も出さずに静かにしゃくり上げながら、抱える膝に顔を埋めた。

光がほしい。照らしてほしい。溶けてなくなったっていいから、私の側に来て。私の名前を呼んで。私を照らして、その静かな闇で包んでほしい。

「ビオレッタ」

名前を呼ばれた気がして、ビオレッタは顔を上げる。闇に溶けたはずの世界に、ぽつりぽつりと光が浮かぶ。だがビオレッタが望む光はこれじゃない。もっと強く、もっと激しく、ビオレッタの心を震わせる光――

「ビオレッタ！」

声とともに、ひときわ強い光の塊が洞窟に飛び込んでくる。その光を見つけたとたん、ビオレッタは一も二もなく走り出した。

光も闇も、ビオレッタが望むのはただひとつ。

「エミディオ様！」

名前を呼んで飛び込めば、エミディオはその両手でビオレッタを受け止めた。

「ビオレッタ……あぁ、良かった」

エミディオはビオレッタの無事を確かめるように強く抱きしめる。苦しく感じるほどの抱擁が、ビオレッタにはなぜか心地いい。

ビオレッタはエミディオの腕の中で、彼の名前を何度も呼びながら、幼子のように泣きじゃくった。

エミディオにしがみついて盛大に泣き散らしたビオレッタは、ぐずぐずと嗚咽を漏らす程度に落ち着いたところで、エミディオの背におぶられて村へ戻ることになった。これまでの疲労に加え、涙をたくさん流したことで頭がぼぉっとしてしまい、まともに立つことすら不可能だったビオレッタは、黙って従った。

エミディオの広い背中に身を任せ、彼が纏う心地よい闇に包まれながら、歩調に合わせて揺れる視界に浮かぶ光を見て――はたと気づいた。

「どうして……光の精霊が起きているんですか？」

夜の山を進むエミディオ達の足下や進むべき道をかいがいしく照らすのは、普段エミディオの周りを飛び交っている光の精霊達だった。山の中では星も見えないのでいまが何時頃なのかは分からないが、少なくとも、人も獣も寝静まる時間帯に突入しつつあることは確かだとビオレッタは思う。

こんな真夜中に、これだけ大量の光の精霊を起こしておくなんて、いったいどんな対価を渡したのだろうか？

エミディオは辺りを照らす光の精霊を一瞥し、こともなげに言った。

「あぁ、彼らにお願いしたんですよ。私の周りに光の精霊が本当にいるのなら、どうか私をビオレッタの元へ連れて行ってほしい。とね」

訳――普段俺の許可なく周りを飛び交っているんだ。たまには役にたちやがれ。

「まさか……普段王子様の傍にいることを対価に？　え、それってありなの？」

「よく分かりませんが、彼らは快く引き受けてくれましたよ。だからこそ、あなたを見つけることが出来た」

エミディオはビオレッタへ振り向き、とろけるような甘い笑顔を浮かべた。しかし、その笑顔を見たビオレッタは頬をバラ色に染めるどころか、顔全体を真っ赤にして、叫んだ。

「えこひいきだあああああああああっ！」

ビオレッタの叫びは、「だあー」「だあー」と反響しながら山の向こうの国まで響き渡る。反響さえも消えてエミディオ達の足音が耳についてきた頃、魂が抜けたようにエミディオの背に倒れ込むビオレッタへ、ネロは『否定しない』と答えたのだった。


ショックのあまり意識を失っていたビオレッタが目覚めたとき、そこは王子様の部屋にある天蓋付きのふかふかベッドの中で、例に漏れずベッドの縁にはエミディオが腰掛けていた。ここ数日、ソファで眠るビオレッタをエミディオがこっそりベッドに運ぶということを繰り返していたため、どうせエミディオも同じベッドで寝ていたんだろうな、と思って叫び出したい心境になったが、ビオレッタは何も言わなかった。

「ビオレッタ、気分はいかがですか？」

ビオレッタを見つめるエミディオが、そのきれいな顔を、いまにも雨がこぼれ落ちてきそうな空のように曇らせていたからだ。その顔を見ただけで、自分がどれだけ彼に心配をかけたのかが分かって、ビオレッタは申し訳ない気持ちでいっぱいになった。

「王子様……笑ってください」

「普段、私の笑顔は目に痛いと言っていたではありませんか」

「確かにそうですね。あぁ……でも、いまならきっと大丈夫。普段王子様の周りを飛び交っている光の精霊達が眠っています。昨日徹夜したせいですね」

ビオレッタがへにゃりと笑うと、エミディオもやっと安心できたのか、ほっと肩の力を抜き、どこかぎこちなく微笑む。

「あなたが望むなら、いくらでも笑いますよ。だからビオレッタ。あなたも、笑っていてください。私の目の届く場所で、そして――」

エミディオがビオレッタへ手を伸ばす。

「私の、手が届く場所にいてください」

エミディオはビオレッタの顔を両手で包み、二人はしばし見つめ合う。ゆっくりとエミディオの顔が近づき、ビオレッタもまぶたを下ろして――

「エミディオ殿下。まもなく出立の時間です。巫女様は目を覚まされましたでしょうか」

廊下へ続く扉の向こうから声がかかり、ビオレッタは「はい起きましたぁ！」と叫んでエミディオの顔を押しのけた。

「失礼いたしま――どうかされましたか？」

扉を開けたレアンドロが見たのは、勢いよく毛布を頭まで被るビオレッタと、毛布が引っ張られたことでベッドの縁から転げ落ちそうになっているエミディオの姿だった。

「ななな、何でもないですうぅっ」と言うビオレッタの横で、エミディオは黒い気配を漂わせながら「ふふふ」と笑う。

「レアンドロ。仕事熱心なのはいいが、ネロを見習って空気を読むという技術を学ぶがいい」

レアンドロに続いて部屋へ入ってきたネロを見て、エミディオは笑う。その表情は完璧な笑顔なのに、ビオレッタの背筋はぞくぞくした。直接微笑まれているレアンドロは、さぞかし恐ろしい思いをしていることだろう、と思ったが、彼は分からないとばかりに首をかしげていた。

『邪念がないって、恐ろしいな』

ベッドに飛び乗ってきたネロは、レアンドロを奇異の目で見つめながらぼやく。

「ちょっと、ネロ。どこ行っていたの？」

『俺は空気が読めるやつなんでね』

得意げなネロへ、ビオレッタは「読まなくていい！」と返した。

『それよりも、体調はもういいのか？　熱はないか？』

毛布から目元だけを覗かせるビオレッタの額に、ネロは鼻先をくっつける。それで熱が測れるのかはなはだ疑問だったが、彼が自分を心配しているのは十分に伝わったので、「大丈夫だよ」と答えて身を起こした。

「いろんな人に心配かけたんだね。ごめんなさい」

『お前が誰かのために必死になるのは、むしろいい傾向だと俺は思っている。ただ、それによってお前自身をないがしろにしちゃ駄目だ。お前のことを大切に思い、心を砕いてくれている奴らに失礼だろう』

「……そっか。うん、ちゃんと考える」

『失敗したっていいさ。すぐには出来なくとも、少しずつ学んでいけばいい』

しゅんと落ち込んでしまったビオレッタの膝の上に乗り、ネロは彼女の腹に顔をすりつける。ビオレッタは「ありがとう」と微笑みながら、ネロの顔から尻尾まで、背筋にそってなで上げた。

ベッドの上に腰を落ち着け直したビオレッタは、昨日なにが起こったのかをエミディオとレアンドロに説明した上で、改めて謝罪と感謝を伝えた。深々と頭を下げるビオレッタの頭頂部を黙ってにらんでいたエミディオは、深い深〜いため息をついて、「もういいです」とだけ答えた。

「ひきこもりだったあなたにあれだけの行動力があるとは、露ほども考えなかった私にも責任はあります」

「すみません。自分でもちょっと意外に思ってます」

「本当に、無事でよかったです。肝心(かんじん)なときに傍にいられず、申し訳ありませんでした」

「いえ、レアンドロさんは何も悪くないです！　私が、考えなしだったんです」

エミディオもレアンドロも、一方的にビオレッタを責めず、むしろ自分の不備を認めている。ビオレッタは申し訳ない気持ちとうれしい気持ちが混ざり、不格好な笑みを浮かべた。

「反省はここまででいいでしょう。さて、アメリアをどうしましょうかねぇ」

「巫女様を陥れ(おとしい)た上に亡き者にしようなどと……許せません！」

どす黒い空気を放ち始めた二人を、ビオレッタが「ままま、待ってください！」と慌てて止める。

「どうして止めるんですか？」

「いくら巫女様の頼みでも、これればかりは聞けません」

「いやいや、なんか物騒過ぎませんかっ？　相手はまだ十二歳の子供ですよ。自分の行動がどういう結果をもたらすのか、きっと分かってません」

「分からないからなにをしてもいいと?」

「たとえ子供だろうと、悪いことをすればそれ相応の罰を受ける。それが秩序というものです」

二人がかりで容赦無く言い返され、ビオレッタは震え上がる。エミディオだけでなくレアンドロまでもが黒い気配をはき出すとはどういうことかとネロを見れば、耳も尻尾もぴんと立たせて歓喜していた。ビオレッタはがっくりと脱力した。

「……あのですね。事情も知らずに一方的に彼女を責めるのは、理性的ではないと思うんです。しかも、大の大人の男性が、二人がかりで、幼い少女を責めるなんて、人として情けないです」

ビオレッタの言い分も一理ありと判断したのだろう、二人の黒い気配がぐっとしずまった。

「分かりました。そこまで言うのなら、アメリアについてはビオレッタの意見を尊重しましょう。もともと、被害者はあなたですしね。ただし、いざという時のために、これを持っておいてください」

そう言ってエミディオがビオレッタへと差し出したのは、一本の短剣だった。ビオレッタでも扱いやすそうな小さく細い短剣は、柄も鞘も全て金で出来ていて、柄の頂点や鞘に宝石がちりばめられ華やかで美しい。鞘から引き抜けば、細い両刃の刀身が現れ、磨き抜かれた銀の刃は白く輝き、鞘や柄の意匠といい、これでひとつの芸術品だった。

「私の懐剣です。常に私があなたの傍にいる、というのは不可能ですから。代わりに、肌身離さず持っておいてください」

「でも、こんな高価そうなもの……」

「この価値が分かるなら、きちんと持ち歩いてくださいね。どこかへしまって、盗まれでもしたら大変です」

その状況を思い描いて、ビオレッタはぷるぷると震えながら「わわ分かりました」と答え、短剣を胸に抱え込んだのだった。


きちんと身なりを整えたビオレッタは、ネロを肩に乗せ、エミディオとレアンドロに挟まれる形で教会の前へやってくる。教会の前には、ビオレッタ達が乗ってきた漆黒(しっこく)の馬車と、金の装飾が過多すぎてむしろ下品にしか見えない緑の馬車が並んでいた。

乗車空間自体は狭いのに、側面や車輪、頂点の飾りに至るまで、とにかく装飾できる所は全て派手にしてみました、といわんばかりの馬車は、予想通り、バレリオの持ち物だった。これをひいて走る馬がかわいそうに思える馬車の前に、相変わらず派手な神官服に身を包んだバレリオと、幾重にも重ねたベールで顔を隠したアメリアが立っている。バレリオはやって来たエミディオを見るなり、感極まりという表情で頭(こうべ)を垂れた。

「エミディオ殿下。本日より、どうぞよろしくお願いいたします」

「これはこれはバレリオ神官。今日はどうしてここに？」

「もちろん、アメリアとともに王都へ上がるためにございます」

腰を折ったままのバレリオを蔑(さげす)みの目で見下ろし、エミディオはふっと鼻で笑う。

「この村の神官であるあなたが、王都へ？　おかしなことをおっしゃいますね」

顔を上げたバレリオは、訳が分からないとばかりに眉(まゆ)をひそめた。

「私はこの娘の後見人です。王都へ上がることに、何ら不思議は——」

「彼女に後見人は必要ない」

バレリオの言葉を遮(さえぎ)って、エミディオは強い声で言い切る。彼の纏(まと)う空気が変わったのを察知したのか、バレリオは一歩後ずさった。エミディオはそんな彼をいたぶるように、満面の笑みを浮かべながらことさらゆっくりと話し出した。

「私が気づいていないとでも思ったか。お前が巫女だというアメリアは、今年十二歳になったばかりだろう。巫女になれるのは、十四歳から十八歳と決まっている。神官であるお前がそれを知らぬはずがあるまい」

「で、殿下……それは誤解でございます！　私は、殿下をだまそうなどと、そんな恐れ多いこと——」

「黙れ」

凪(な)いだ海のように落ち着いた、しかしながら静かな怒りをたたえた声が、バレリオの言葉をぴしゃりとはねのける。

「話はこれだけではない。お前がこの村で行ってきた不正の数々、全て私の耳に入っているぞ」

　エミディオはレアンドロから紙の束を預かり、バレリオの足下にばらまいた。バレリオは散らばった紙とエミディオとを交互に見つめていたが、膝を折って数枚を手に取る。その内容に目を通し始めたとたん、みるみる顔色をなくしていった。

「村人が敬虔な信者であるのをいいことに、本来村長が行うべき税の徴収をお前が行い、一部を着服していたな。さらに、村の唯一の収入源である木材の売買についても、お前が商人との間に割り込むことで不正な金を得ているだろう。他にもあるが、全てを説明する前に陽が暮れてしまうな」

　エミディオがバレリオから顔をそらす。それを合図にしたように、エミディオの護衛騎士がバレリオを背後から地面へ押さえつけた。

　この村へやって来てから数日、エミディオを囮にしてレアンドロ達騎士は血眼になって証拠を集めてきた。そちらに人員を割いたあまり、ビオレッタを危険にさらすという失態を犯してしまったが、だからこそ、積み上げた証拠を無駄になどしない。

「バレリオ。お前から神官の地位を剝奪する。次は辺境の村へ飛ばされるぐらいでは済まんぞ。何を課せられるのか、牢獄で楽しみに待っているがいい」

　それはそれは楽しそうにエミディオが笑った。まともにその笑顔を見たバレリオは声も出ないのか口をはくはくさせながら、騎士二人がかりで両腕をとられ、引きずられていった。

　バレリオが教会の中へ入っていくのを見送ってから、ビオレッタはアメリアの目の前に立った。ベールのせいで表情こそ分からないが、アメリアがかすかに震えているのを感じ取ったビオレッタは、ゆっくりと手を伸ばしてベールを取り外した。

　現れたのは、やはり、幼い少女。ふたつお下げの赤茶けた髪に、服から覗く首筋や手首は骨や筋が浮き出ている。乾いた唇をぎゅっと噛みしめ、丸い茶色の瞳は強くビオレッタをにらんでいる。誰がどう見ても、ビオレッタを憎々しげににらみつけているのに、ビオレッタにはそれが、決して泣くまいとひとり耐えている姿にしか見えなかった。

「ちゃんと話すのはこれが初めてだよね。初めまして、私は――」

「光の巫女様でしょう。ブランが教えてくれた」

　アメリアに名を呼ばれ、肩に飛び乗ったのは、あのときの白猫だった。

「……光の巫女は名前じゃないよ。私はビオレッタ。魔術師よ。その白猫、光の精霊でしょう」

「だったら何？　この子まで奪うつもりじゃないでしょうね」

「奪うって、そんなつもりは――」

「私から光の巫女の地位を奪っておいて、信じられるわけない！」

　ブランが毛を逆立ててビオレッタを威嚇する。ひるんだビオレッタをアメリアが突き飛ばし、ビオレッタはたたらを踏んで尻餅をついた。

「あんたさえいなければ、私が光の巫女になれたのよ！　年なんて関係ないっ。私にも光の力が操れるんだから、私が光の巫女になったっていいじゃない！」

「やめなさい」

静かな声とともに、エミディオがビオレッタを背に庇う。彼の背後では、レアンドロがビオレッタを助け起こしていた。

「確かに、あなたにも光の力が操れるようだ。しかし、ただ力があるだけでは意味がない。その力をどう使うのか。誰のために使うのかが大切なんです。あなたは、その力を使って何をしましたか？」

言い返せず険しい顔で歯を食いしばるアメリアを、エミディオは侮蔑の眼差しで貫く。

「自分のためだけに力を使い、うまくいかないことは全て他人のせいにする。そんな自分勝手な人間を、光の巫女だなんて誰も認めない」

「王子様、だめ！」

ビオレッタが声をあげ、エミディオを止める。エミディオがビオレッタへと振り向いた隙をついて、アメリアは駆けだしていった。

「アメリア！」

ビオレッタはアメリアを追いかけようとして、エミディオが腕を取って止めた。

「ビオレッタ、あなたが行く必要はありません」

「嫌です！　離してください」

ビオレッタが腕を振り払おうとするも、エミディオの手は離れない。

「自分を殺そうとした人間ですよ？　捨て置けばいい」

「どうしてそんなことを言うんですか？」

「それはこちらのセリフです！」

怒鳴られ、ビオレッタはびくりと震える。エミディオは苛立ちを抑えるように細い息を吐き、先ほどとは違う静かな声で言った。

「彼女を庇う必要がどこにあるというんですか？」

「……アメリアの気持ちが、なんとなく分かるからです」

「それは、同情ですか？　確かにあなたは光の巫女だ。だからといって、全ての人を慈しむ必要なんてないんです。もっと自分自身を大切にしてください」

「違う。違うんです。そんな、同情なんて優しい気持ちじゃない」

この気持ちが同情から来るものだったらどれだけ良かっただろうと、ビオレッタは思う。

「見えないものが見えるようになる。それがどういうことかわかりますか？　ネロと出会ったとき、私は世界の全てが恐怖の対象でした。ネロがいなければ、私は生きることすら諦めたと思います」

「アメリアも、生きることを諦めたくなるようなことがあって、光の精霊と出会ったと？」

「そうです。でも、彼女は魔術師じゃない。精霊がいることすら知らずに、それでも、見えたその存在を受け入れた。それしか、彼女の世界を照らすものがなかったから」

ビオレッタは痛む心を抑えるように、胸元をわし摑む。

「私は十二年間、ずっと狭い世界に閉じこもっていました。けれどそこに、迷いがなかったわけじゃない。何度も変わらなきゃって思って、でも動けなくて、諦めるたびにそんな自分が情けなくて嫌いになるんです。だから光の巫女の選定式が行われると聞いて、私は本当のところ、その機会にしがみついた」

狭い世界から飛び出す勇気がなく、ぬるま湯の現状にゆるゆると浸っていたビオレッタにとって、光の巫女の選定式は格好の言い訳だった。義務だから、決まりだから、そんな言葉を並べ立てることで自分を納得させ、ようやっとあの部屋を出たのだ。

「アメリアも、そうだったと？」

「分かりません。でも、私はそう思ったから。そう思ったら、もう放っておくことなど出来ないから。私のために、アメリアを助けたいんです」

それは同情でも、慈悲でもない。ビオレッタが勝手にアメリアに自分を重ね、過去の自分と向き合うために利用しているだけ。完璧な自己満足だ。

ビオレッタの瞳を見つめ、言葉を聞いていたエミディオは、長い息を吐いて肩を落とす。

「……分かりました。もう止めません。ただし、私も一緒に行きます」

ビオレッタの腕を離し、エミディオはからっとした笑みを浮かべた。

「ありがとうございます！」

ビオレッタは頭を下げて礼を言い、すぐさまアメリアを追いかけた。

追いかけてしばらくとせず、アメリアは見つかった。教会の裏の広場に植えてある、一番大きな樹の根本にアメリアはうずくまっていた。抱えた両膝に顔を埋めたまま動かない、小さく丸まった背中が、泣きたいのに泣くまいとする彼女の心をよく伝えた。

「アメリア」

ビオレッタが声をかけると、小さな背中がぴくりと動く。

「私ね、あなたと話がしたいの。あなたの言葉が聞きたいの。私を責めたっていい。ののしったっていい。それがあなたの本心なら、ちゃんと受け止めるから。お願い、話をしましょう」

穏やかな調子で語りかけると、アメリアが振り返った。近づこうとするビオレッタをにらみ、立ち上がって対峙する。

「私の心が聞きたいの？　だったら、教えてあげる。私の目の前から消えて！　あんたなんて、顔も見たくない。消えて。いなくなって！　私の世界から出て行ってよ！」

「ふにゃあああっ！」

甲高い威嚇の声とともに、ブランがビオレッタへ飛びかかった。アメリアに触れようとしていたビオレッタの手をひっかき、毛も尻尾もぴんと逆立たせて「フゥー！」と威嚇する。太陽の下で銀色に輝くブランの白い身体に、黒い霧が立ちこめ始めたのを、ビオレッタは見逃さなかった。

「ネロ！　ブランの身体がっ……」

『アメリアの負の感情に引きずられているんだ。ブランはまだまだ幼い精霊で、未熟な精神はすぐに相手に染まる』

「染まりきったら、どうなるの？」

『精霊として存在できずに消える。とにかく、何とか止めるぞ』

ビオレッタの肩から降りたネロは、ブランの前に立って「フシャアー！」と威嚇する。ネロの方がブランよりもひとまわり以上身体が大きいのに、ブランが退く様子はない。甲高い声をあげてお互いの間合いを計る、まさに一触即発だ。

「アメリア、ブランを止めて！　このままだと、ブランもネロも無事じゃ済まない」

ビオレッタの懇願に、アメリアは「嫌よ！」と首を横に振った。

「私の味方はブランだけ……私のために戦ってくれるのは、ブランだけなの！」

アメリアが叫ぶ間にも、二匹の猫はぶつかり、重なり合って地面を転げ回る。ビオレッタの目が追いつけないほど素早い動きでお互いを攻撃し、また離れて声を張り上げる。ネロは真っ黒なので分からないが、ブランの白い毛に赤い血がちらつき、ビオレッタはいても立ってもいられない気持ちになった。どうにかして止めないと――と思ったそのときである。

いがみ合う二匹の元へ音もなく近づいたエミディオが、二匹の首根っこをひょいと摑んで持ち上げてしまった。

首根っこを摑まれた二匹は、猫の習性も完璧に模しているのか、尻尾を持ち上げて足の間に挟み、手と足をきゅっと縮めて丸くなった。

「とりあえず、けんかを止めればいいのでしょう。ビオレッタ」

ふふん、と、勝ち誇ったような笑みを向けられたビオレッタは、呆然としたまま頷いた。

捕獲され、ネロはもう抵抗する気も起きずされるがままだが、ブランははっと我に返るなり後ろ足を持ち上げてエミディオの手をひっかこうとする。無駄な抵抗を見せるブランを、エミディオは視線の高さまで持ち上げ、その顔をにらんだ。

「あなたのために止めたんですよ。おとなしくしなさい」

「にゃ……にゃぁ～ん」

エミディオを目にしたブランは、高く甘い声をあげて尻尾を左右にぶんぶんと振り回した。ネロを降ろし、エミディオが両手で抱えると、ブランはゴロゴロと喉を盛大に鳴らしながらその胸にすり寄った。

ブランの変貌を目の当たりにしたアメリアは――

白目をむいて倒れた。後ろへ、バタンと。

それを見たビオレッタは「きゃあああっ、アメリア！」と叫びながら彼女の元へと走り、ショックのあまり意識さえも手放してしまった彼女を抱き上げ、言った。

「王子様、ひどい！　アメリアにとってブランがどれだけ大切な存在か知っているくせに、奪うなんてひど過ぎる！　アメリアに謝って！」

「いや、奪ったつもりはないのですが」

そういうエミディオの腕の中では、ブランが幸せそうに喉を鳴らしている。

「いいから謝ってくださあああい！」

ビオレッタの叫びは、山で暮らす鳥たちを飛び立たせるほど悲痛だった。


昏倒（こんとう）してしまったアメリアを休ませるため、彼女をバレリオの屋敷へ運ぶことにした。教会にあるアメリアの部屋や、彼女の両親が待つ家に送るということも考えたのだが、バレリオの屋敷のベッドが一番寝心地がいいだろうと判断した。持ち主であるバレリオは今頃近くの町へと連行されている。許可を取る必要もない。

レアンドロがアメリアを、エミディオが相変わらずのブランを抱いてバレリオの屋敷を目指す。バレリオの屋敷のすぐ近くまで歩いてきたところで、アメリアが目を覚ました。

「アメリア！　よかった、目を覚ましたのね」

ビオレッタがアメリアの顔をのぞき込んで声をかけると、アメリアはゆっくりと瞬きを繰り返してからビオレッタに視線を合わせ、すぐにそらす。アメリアのさまよう視線がぴたりと止まったのは、エミディオに抱っこされてとろけるブランだった。

「私……家に帰ります」

レアンドロの胸に手をつき、アメリアは降ろしてくれと意思表示する。レアンドロはどうするべきか視線だけでビオレッタに問いかけ、ビオレッタは慌ててアメリアをとどめようとする。

「そんなに急いで帰らなくても……少し休んでからの方がいいと思うの」

「いい。私には、もう……ここにいる資格がない」

あまりに悲痛な声に、ビオレッタ達はなんと声をかければいいのか分からなくなる。そうこうしている間にアメリアはレアンドロの腕から降り、いまだエミディオに甘えているブランを置いて自分の家へと帰って行った。


ひとりで家へ戻ってきたアメリアは、扉を開けて両親と顔を合わせるなり、酒の入ったコップを投げつけられた。

「この役立たずが！　せっかく楽が出来ると思ったのに……のろまなお前のせいで、全て台無しになったじゃねぇか！」

「はじめからおかしいと思っていたんだよ。こんな役立たずなお荷物が、光の巫女に選ばれるなんてさぁ。だから私は、さっさと金を取れるだけ取っておこうって言ったんだよ」

「うるせぇな！　その結果、バレリオ神官が金を出さなくなったんだろう。せっかく王都から使者までやって来たっていうのによぉ」

「あんたが戻ってくるからだよ！　この役立たず！　あんたの顔なんて見たくないんだ。さっさと出てお行き！」

　両親はアメリアをひどくののしり、そのまま彼女を家から追い出してしまった。

　家の外へ放り出されたアメリアは、扉の前でちょこんと座り込んだまま、ただぼおっと前を見つめるだけで、泣くことも嘆くこともしなかった。両親がああやってアメリアをなじることも、家から追い出すことも珍しいことではない。うまくいかないことが起こると、それは大抵アメリアのせいとなり、両親はたびたび彼女を家から追い出すのだ。アメリアはしばらく外で過ごし、ほとぼりが冷めた頃に家へ戻る。それが、アメリアの日常だった。

「……お腹、すいたな」

　誰に語るでもなく、ぽろりと口からこぼす。空を見ると、太陽は空の中央を通り過ぎて纏う色を変え始めていた。今日は出立の準備に忙しく、昼食もまともに食べていない。久しぶりに覚えたひもじさに突き動かされるように、アメリアは村を囲う山へと足を踏み入れていった。

　厳しいもので溢れているアメリアの世界で、村を囲う山だけは昔から変わらずアメリアに優しかった。空腹を抱えたまま家を追い出されたアメリアに、いつも何か食べるものを与えてくれる。今日も山に入ってすぐに、指でつまめる大きさの真っ赤な木の実が、背の低い樹にたくさんなっているのを見つけた。

樹の傍に腰を下ろし、ひとつ口に含んで分厚い皮を噛みつぶすと、ぱっと水分とともに酸味が広がる。その酸味が過ぎ去れば、優しい甘みがとどまった。

「うん、おいしい」

そうつぶやいて、ひとつ、またひとつと口へ木の実を放り込んでいく。次々に木の実をむしって黙々と食べていたアメリアだが、不意に、その動きが止まった。口元に持ってきていた手がだらりと落ち、つまんでいた木の実がコロコロと草の上を転がる。

そのまま、アメリアは動かなくなった。


エミディオの美貌をひとしきり堪能したブランは、アメリアを追いかけて山へ入ってくる。こぼれ落ちそうなほどたくさんの木の実をたたえた樹の前に座り込むアメリアを見つけ、ブランはご機嫌なまま彼女にすり寄った。

『ただいま、アメリア。エミディオって本当にきれいね。みんなが騒ぐ気持ちが分かったわ』

足下にすり寄って話しかけてもアメリアは振り返らない。疑問に思ったブランが前へ回り込んでアメリアを見上げる。アメリアは人形のように感情の見えない目で、どこと決めるわけでもなくただ前を見つめていた。

『……アメリア？　ねぇ、アメリア。アメリアってば！』

　ブランはアメリアの膝に前足をのせ、強い声で名前を呼ぶ。どれだけ声をかけても、アメリアは答えるどころか、目線が動くこともない。

「……猫の声が聞こえたと思って来てみれば。こんな所にいたのか、アメリア」

　草をかき分ける音とともに現れたのは、バレリオだった。騎士から何とか逃げてきたのだろう。彼の自慢の派手な法衣が、所々ちぎれ、泥にまみれ、見るも無惨な状態だった。

「アメリア。お前のせいで私は神官の地位を失ったのだ。その責任は取ってもらうぞ」

　バレリオは動かないアメリアの手を摑み、無理矢理引き立たせようとする。足に力が入らず、その場に崩れるアメリアを見て、バレリオは脇に抱えようとした――その手に、ブランは爪を立てた。

「ぎゃあっ」

　バレリオは声をあげて腕を振り回す。ブランは爪を目一杯食い込ませて何とかしがみついていたが、バレリオがもう一方の手でたたき落とした。

「この、くそ猫が！」

　バレリオは怒りに顔を赤くして、何とか着地していたブランの腹を蹴り上げる。ブランは高く弧を描き、草木の向こうへと消えていった。

朱に染まり始めた空を窓越しに見上げて、ビオレッタはひとつ息をついた。

ビオレッタ達はもう一晩村で滞在することになった。この村に牢がなく、護衛騎士の一部がバレリオを街の牢獄へと連行しているのだ。必要最低限しか騎士を連れてこなかったため、城へ戻るのは彼らの帰りを待ってからとなる。ゆっくり眠ったビオレッタと違い、休むことなく働き続ける護衛騎士に感服しながらも、ビオレッタは、さっさとバレリオを牢獄へ閉じ込めてほしいと思った。

どうしてかは分からないが、胸騒ぎがする。アメリアは家へ帰ったし、ブランも彼女の元へ戻ったのだからなにも心配する必要はないと思うのに、心がそわそわして落ち着かない。いまにもここから飛び出して駆け出したい気持ちに駆られる。どこへ走ればいいのかも、分からないというのに。

「アメリアが気になりますか？」

またひとつため息をこぼすビオレッタへ、エミディオが声をかける。部屋に一人きりだと思っていたビオレッタは、いつの間にかやって来ていたエミディオを見て目を丸くした。

「……その様子だと、私に気づいていなかったんですね。あなたが空を見上げて黄昏れているときに入ってきたんですよ」

全くかけらも気づかなかったビオレッタは、しゅんと肩を落として「すみません」と謝る。

それを見たエミディオは、わざとらしく息を吐いた。

「仕方のない人ですね。そんなに気になるのなら、アメリアの家へ行ってみてはいかがですか？」

「アメリアの家……行ってもいいんでしょうか？」

「いいも悪いも、彼女に会いたいのならそこへ行くしかないでしょう。もうあなたはひきこもりではないんだ。自ら望んで、動けばいいんですよ」

ビオレッタは目から鱗が落ちる心地だった。その通りだ。気になるなら、行けばいい。駆け出したい思いのままに、部屋から出ていけばいい。あの頃と違って、行くべき場所も、走り出す力もあるのだから。

ビオレッタはエミディオとともに、アメリアの家へと向かう。

空はもう、朱を通り越してあかね色に染まっていた。


「アメリア？　そんなもの、知らないよ」

ビオレッタ達を玄関で出迎えた母親の言葉に、ビオレッタは「は……？」としか返せなかった。

「ちょっと前に戻ってきたけど追い出した。戻ってきていないから、そこら辺をほっつき歩いているんじゃないのかい」

「追い出したって……どうして?」

「腹が立ったからだよ。あのうすのろ。なんの役にも立たない」

「なにを……言っているんですか? あなたの、娘ですよね? 役に立つ、立たないじゃなくて、あなたの唯一無二の子供でしょう!」

いまにもつかみかかりそうなビオレッタを、エミディオが後ろから腕を回して押さえる。ビオレッタはその腕を振り払おうとするが、エミディオの力が強くてびくともしない。

「信じられない! あなたはそれでも人ですか? 子供は慈しむべきでしょう。守るべきでしょう! どうしてそれがあなたたちには出来ないの?」

「ビオレッタ、やめなさい。言うだけ無駄だ」

耳元に、エミディオの冷静な声が落ちる。その声に引きずられて落ち着いた心で目の前の母親を見てみれば、彼女はなぜビオレッタが怒っているのか心底分からないという目でこちらを見ていた。

本当だ。これでは言ったところで意味がない——そう思ったら、ビオレッタは笑えてきた。笑うしかない。こんな最低な場所にアメリアを帰して、大丈夫だなんて思っていたのだから。精霊達は何度も、アメリアを助けてと言っていたのに。

「私が間違ってた。ちゃんと、アメリアは私が守る。だから、もう好きにしていいよ」

ビオレッタの許しを受けた精霊達が、アメリアの家を飛び回る。どこからともなく吹き出してきた黒い霧が、アメリアの家を包み始めた。

「ひっ……なんだいこれは！」

異変に気づいた母親が扉にしがみつく。母親の声につられて出てきた父親も、家を取り囲む黒い霧を見て、顔色を変えた。

ビオレッタの肩に乗っていたネロが地面に降り、萌黄色の瞳で両親をじっと見据える。

『精霊に愛されるアメリアを害したお前たちを、俺達は許さない。お前たちはもう、永遠に精霊の加護を受けることはないだろう』

ネロの声に合わせて、黒い霧が家へと入っていく。両親は大慌てで玄関を閉め、家の中へ閉じこもったが、黒い霧は容赦なく隙間から入り込み、小さな家を暗闇に沈めた。

玄関の奥から、両親のおびえる声と大きな物音が聞こえてくる。けれどビオレッタはなにも言わず、ネロを肩に乗せて歩き出した。

「なにをしたんですか？」

エミディオの問いに、ビオレッタは「なにもしなかったんです」と答えた。

「精霊が勝手に動いたんです。私はそれを、止めなかった」

「なるほどね。まぁ、どうせ死ぬほどの危険はないのでしょう。でなければ、止めるはずだ」

「光を奪って脅かしただけです。精霊の気が済めば、また元に戻りますよ。ただ——」

「敬虔な信者である村人達には、嫌われるでしょうねぇ」

エミディオが視線を巡らせれば、遠巻きにアメリアの家を見つめる村人達の姿があった。こんな小さな村で、噂など瞬く間に広がる。今後、アメリアの両親は村のつまはじきにされるだろう。それこそ、永遠に。

「精霊は優しいようで、一番残酷なやり方をしますね。まさに、腹黒だ」

「……王子様に言われたくないです」

「精霊達に比べれば、私なんて可愛らしいものですよ」

『分かっているじゃないか。俺たちに比べれば、お前なんざひよっこさ』

エミディオとネロは視線を合わせて「ふふふ」とほほえみ合う。ひとりと一匹に挟まれるビオレッタは、背筋がぞぉっとした。

「……とにかく、いまはアメリアを探すべき時です！」

「それもそうですね。もうすぐ陽も暮れます。さっさと探し出して、屋敷へ連れ帰りましょう」

ビオレッタ達は遠巻きに様子をうかがっていた村人達から、普段、家を追い出されたアメリアがどう過ごしていたのか聞いてみる。大抵、玄関の周りで座り込んでいるが、時折、山へ姿を消すという。

「傍に見当たらないということは、山にいるんでしょうか？」

「下手に動き回るよりも、いったん戻って待っていた方がいいかもしれませんね。アメリアの家の前に騎士をひとり待機させて、戻ってきたらバレリオの屋敷へ連れてくるよう指示しましょう。そうですねぇ……武器でも構えて立たせましょうか」

『家の中に化け物を閉じ込めているように見えるだろうな。村人にはさらに嫌われそうだ』

「黒っ！　やっぱり王子様の方が容赦ないです！」

「ふふふ。徹夜明けの騎士達なら、悲壮感が溢れてさぞかし面白いでしょうね」

「駆り出される騎士さん達かわいそう！」

「私のために働けるんだ。本望でしょう」

「エミディオ殿下！」

　村を囲う山の前でビオレッタ達が今後の相談をしていると、ひどく焦った様子のレアンドロが、数人の騎士を連れてやって来た。

「どうしました？」

　さっきまで騎士をネタに遊んでいたとは思えない真面目な表情で、エミディオはレアンドロに話を促した。なにも知らずに話し出すレアンドロを、ビオレッタは哀れに思っていたが、彼の話す内容を聞いて、全ての考えが吹っ飛んだ。

「バレリオが、逃走いたしました。此度の護衛騎士を指揮する者として、不覚のいたすところです。申し開きもございません」

「……確かに、失態だな。だが、ここ数日証拠集めに奔走させた上に、昨夜の徹夜だ。ここは挽回の機会を与えよう。バレリオを捕らえ、今度こそ牢獄へ放り込め！」

「はっ！　寛大なその御心に、必ず応えてみせます！」

レアンドロは礼をすると、後ろに控える騎士達が山へと走り出した。

「殿下と巫女様は、私が屋敷までお送りします」

「よろしく頼む。ビオレッタ、いいですね？」

ビオレッタがうなずき、屋敷へ向かおうとしたところで、ネロが肩から飛び降りた。山へと走り出すネロを慌てて追いかけると、山に入ってすぐのところで、地面に倒れるブランを見つけた。

「ブラン！」

ビオレッタはブランの元まで駆け寄り、抱き起こす。ビオレッタが声をかけ、ネロが顔を何度もなめたことで、やっとブランは目を覚ました。

「ブラン、大丈夫？　いったいなにがあったの？」

ぼんやりと視線をさまよわせていたブランは、ビオレッタに焦点を合わせるなり、『助、けて……』と弱々しい声で言った。

『アメリア……バレリオが、つれて、いっちゃった……』

「そんなっ……」

ざっと青ざめるビオレッタを見て、エミディオは「なにがあったんです！」とビオレッタの肩を摑んで揺さぶる。

「バレリオが、アメリアを連れて行ったって……。早く、早く見つけないと！」

立ち上がっていまにも走りださんとするビオレッタをエミディオが腕を摑んで止める。

「あなたが行ってどうするんです。ここはレアンドロに任せましょう」

「嫌です！　バレリオがなにをするか分からないのに、屋敷になんていられませんっ」

「巫女様のお気持ちは分かります。ですが、どうか屋敷でお待ちください。あなた様に何かあれば、それこそ取り返しがつきません」

「だけどっ……」

「あなたがいたところでなにも変わらないでしょう。足手まといです」

エミディオの辛らつな言葉に、ビオレッタは言い返す言葉もなかった。ひきこもってばかりだった非力なビオレッタに、騎士達に混じってアメリアを探すことなど出来はしない。余計な手間をかけさせるくらいなら、おとなしく屋敷で待っているべきだろう。そう頭では理解しているのだ。

でも、心は嫌だと応える。本当になにも出来ないのだろうか？　ブランがビオレッタに助けを求めてきたのは、ビオレッタにしか出来ないことがあるからじゃないだろうか？

「私にしか、出来ないこと？」

エミディオに半ば引きずられるようにして歩いていたビオレッタは、山から出たところで足をぴたと止める。突然立ち止まった彼女を咎(とが)めるように、エミディオが険しい表情で振り返ったが、いまのビオレッタには気にならない。

目に映るのは、ビオレッタの世界に、当然のように存在してきたもの。

大気をただよう、精霊達だ。

「そう、そうです！　精霊達に案内してもらいましょう。彼らなら、アメリアをすぐに見つけられる！」

「私が、あなたを見つけ出したときのように、ですか？」

きょろきょろとあたりを見渡しながらエミディオが問いかける。ビオレッタは勢いよく頷(うなず)いて、精霊達へと手を伸ばした。

「みんな、お願い、力を貸してほしいの！　バレリオに連れ去られたアメリアの元へ、どうか私を連れて行って」

ビオレッタの呼びかけに応えて、精霊達が側に寄ってくる。だが、闇の精霊ばかりだった。
疑問に思ったビオレッタだったが、空を見上げて気づく。太陽はその姿のほとんどを地中に隠し、あたりは透明な青に包まれてわずかな星の瞬きが見えた。

「陽が暮れたから、光の精霊が眠ってしまったんだ」

光の精霊がいないのなら、闇の精霊の力を借りるしかない。だが、夜の闇の中では闇の精霊がその姿を隠してしまって精霊が見えない騎士達を導くことは出来ないし、対価を必要としないエミディオの精霊は昨日の徹夜のせいで眠ったままだ。何か対価を渡さないと、大気をただよう光の精霊達は起きてくれないだろう。

「何か対価……対価、対価……」

ビオレッタは両手で頭を抱え、対価になるものがないかと考える。以前彼ら自身が教えてくれた。光の精霊が好むのは、きれいなもの。きらきら光るもの。

「きらきら……きらきら光るもの……」

うつむいて、フードが落っこちるほど頭をかきむしってつぶやくビオレッタの視界に、きらりと光るものが映った。それに視線を合わせ、ビオレッタは勢いよく顔を上げる。

ビオレッタは服の中に隠していた短剣を取り出すと、鞘を抜いて放り投げる。薄暗い宵闇の中でも青白く光る刃を見つめたあと、もう一方の手で自分の長い髪をひっつかんだ。

「ビオレッタ……なにをっ」

異変に気づいたエミディオが止めるより早く、ビオレッタはナイフを自分の髪に当て――金色の長い髪を、ばっさりと切り落とした。

エミディオやレアンドロが唖然とする中、ビオレッタは断ち切った髪を前へかざし、叫ぶ。

「私の髪を対価にあげる。だから！　私達をアメリアの元まで案内して！」

肩の辺りで、不揃いとなってしまった髪を揺らし、ビオレッタは強い眼差しで前を見据えた。ビオレッタの意思に応えるように、手の中で柔らかく波打つ彼女の髪が光に包まれる。その光はみるみる大きくなり、髪そのものが光り輝いて見えるほどになると、ほろほろと崩れて消えていった。残ったのは、ビオレッタの手だけ。

『ビオレッタの願い、叶えてあげる』

どこからともなく声が聞こえ、目の前に、人の頭ほどの光が現れる。

光はぽつり、ぽつりと灯っていき、それはいつしか、光の道を作り出した。

「これは……」

「光の道、ですか。すごいですね」

「行きましょう。この先に、アメリアがいます」

暗闇に沈む山の中を力強く照らす光の道。ビオレッタ達は、迷うことなく歩を進めた。


アメリアにとって、彼女が暮らす世界は、とても厳しかった。

彼女の両親は子供は産んでも育てない人で、その日の気分で殴(なぐ)ったりののしったり、家から追い出すことも頻繁(ひんぱん)にあった。当然、食事の世話もしてくれず、アメリアは母の目を盗んで残飯をあさり、それでも足りないときは山に食料を探しに出た。村人達はビオレッタに同情はしても手をさしのべるだけの余裕はないらしく、誰も助けてくれなかった。

毎日生きぬくだけで精一杯で、考えることといえば、今日はなにが食べられるだろうか、ということばかりだった。

そんなある日のことだ。食料を探しに行った山の中で、光の塊（かたまり）が落ちているのを見つけた。

最初は虫かと思った。だが、それにしては大きい光だった。警戒しながら近づいてみれば、それは透明な羽を持った小さな人間だった。大きさこそとても小さいが、ビオレッタと同じ年頃の女の子だった。

アメリアは女の子を胸に抱え、家へ連れ帰った。なにを食べるのか分からないし、そもそも食べ物を持ち合わせていなかったので、アメリアは女の子を胸に抱えたままひたすら「元気になって」と願った。

元気になって、お友達になろう。もう、ひとりは嫌なの。

アメリアの願いが届いたのか、翌朝には女の子は元気になった。

ブランと名乗った女の子は光の精霊で、生まれて日が浅いのに薄暗い山の中に落ちてしまったという。自分という存在がまだまだ安定していないために消えかかっていたが、アメリアが友達になりたいと願ったことで、存在が保たれたと話した。

『アメリアが私を必要としてくれるから、私はここにいるの。だから私達は、ずっとお友達よ』

ブランが友達になってから、アメリアの毎日はほんの少しだけ優しくなった。

夜遅くに外へ放り出されても、ブランが光をともしてくれるため怖くなくなった。山に入って食料を探すのも、二人がかりなら簡単に見つけられるようになった。

そして何より、ひとりきりではなくなったのがうれしかった。

月日が流れ、アメリアは少しずつ成長し、身体(からだ)の成長に比例して、食べる量も増えていった。

だが、山でとれる食料や残飯にも限界がある。以前から細かった身体は骨と皮だけとなり、肌や髪にはつやが無くなっていく。疲れやすくなり、山で食料を探すことすら満足に出来なくなって、さらに身体が動かなくなるという悪循環に陥(おちい)っていった。

そこへ降ってわいたように現れたのが、『光の巫女』という立場だった。

陽寂(ようじゃく)の日にブランの力を借りていたのを、バレリオが見ていたのだ。アメリアを光の力を操れる存在と勘違いしたバレリオは、彼女を教会へ連れて行った。

自分が光の巫女じゃないことは、アメリアもブランも分かっていた。しかし、いままで川での水浴びしかしたことのない彼女が温かい湯で身を清め、見たこともない上等な服に袖(そで)を通し、目の前に、食べたくても食べられなかった真っ当な料理を並べられ、どうして人違いだと言えるだろう。

ずっと限界だったのだ。いつ動けなくなるだろうかと、眠るたび、もう目覚めないかもしれないと、恐怖ばかりに支配されていたのだ。光の巫女という立場にすがりついて、何が悪い？

けれど結局、アメリアは偽物で。唯一の友達だったブランも、本当に美しいものを前にすれば、アメリアのような薄汚い子供に見向きもしなくなった。

あぁ、やはり、この世界はアメリアに厳しい。

バレリオの脇に担がれるようにして、アメリアは山の中を運ばれていた。行き先は山を隔てた隣国で、アメリアは光の巫女として隣国の王に差し出されるらしい。これからの計画を、バレリオは自慢げに語っていたが、アメリアは全く聞いていなかった。

もう全てがどうでもよかった。この厳しい世界から、早くいなくなりたかった。

誰もアメリアを必要としない。むしろいらないと言われ続けて、ひとりで立ち続けることに疲れた。

けれど、ひとつだけ思うことがある。

自分のなにが、いけなかったんだろう。

バレリオがつぶやき、足を止める。星明かりすら届かない真っ暗闇の中で、ぽつり、ぽつりと光が現れた。驚いたバレリオがあたりを窺うと、担いでいるアメリアが光に包まれだした。

「……なんだ?」

「ひいぃっ!」

バレリオはついに叫び、アメリアを地面に落としてしまう。アメリアが地面に倒れたことであたりに浮かぶ光は強さを増し、村の方角へ、一本の道を作りだした。バレリオは不可思議な現象を前に、とうとう腰を抜かしてしまった。

「いたぞぉ！」

　遠くで誰かが叫んだかと思えば、数人の騎士が木々をかき分けて近づいてくる。腰を抜かしてしまったバレリオはまともな抵抗すら出来ないまま、騎士によって縄でぐるぐる巻きにされてしまった。蓑虫（みのむし）状態のバレリオを騎士が二人がかりで担ぎ上げ、光の道を引っ立てられていく。

　その様子を、アメリアはうつぶせに倒れた状態のまま、ただ呆然（ぼうぜん）と見つめていた。騎士達が追っていたのはバレリオだ。アメリアのことなんて、誰も見向きもしないだろう。そう思っていた時だ。

「アメリア！」

　確かに自分を呼ぶ声とともに、光の道を、ひとりの女性が走ってきていた。神官見習いの質素なローブを纏（まと）い、長さのまちまちな髪を振り乱しながら走ってくる彼女は、それでも、目がくらむほどに美しかった。

「アメリア！」

　世にも美しい女性――ビオレッタは、アメリアのすぐ目の前まで駆けつけると、アメリアを助け起こして抱きしめた。

「遅くなってごめんね、もう大丈夫だよ」

　そう言って、アメリアを包む腕に力を込める。

「ひとりでよく頑張ったね。もう大丈夫。大丈夫だから、これ以上頑張らなくたっていいよ。もう、ひとりじゃない」

ビオレッタの言葉をどこか遠くで聞いていたアメリアは、その瞳から、ぽろりと涙をこぼした。

たったいま、初めて知った。ビオレッタの言葉は、ずっとアメリアが言ってほしかった言葉だ。

頑張ったね——頑張ってきたんだ。

ひとりでよく頑張った——誰も頼る人がいなかった。だから、ひとりで頑張るしかなかった。誰もほめてくれない。見向きもしてくれない。でも、自分の命を諦めるなんて出来るはずもなく、ただ漠然(ばくぜん)と、堪(た)え忍ぶしかなかった。

必死になって、なりふり構わず生きてきて、その結果、誰かを貶(おとし)めることになっても、それしかアメリアには残されていなかったのだ。

どれだけお腹が満たされても、きれいな服を着ても、暖かな布団を手に入れても、アメリアの心には常に不安がつきまとってきた。

ねぇ、私は、いつまで頑張ればいいの？

「私がいる。安心していいんだよ。いままで、よく頑張ったね」

ビオレッタの言葉が、アメリアの渇いた心に染みる。

そして思う。

そうだよ、頑張った。よく、頑張ってきたじゃない。

だからもう、頑張らなくてもいいんだよ。


泣いたって、いいんだよ。


「うっ……、うぅ～……うあああああああんっ」

アメリアは声をあげ、泣き出した。ぼろぼろと大粒の涙をこぼしながら、目一杯口を開いて、腹の底から泣き叫んだ。

ビオレッタはそんな彼女を力一杯抱きしめ、何度も何度も「大丈夫」、「よく頑張った」、「もう頑張らなくていい」と言った。


泣き疲れて眠ってしまったアメリアをつれて屋敷まで戻ってきたビオレッタは、捕らえたバレリオが反抗的過ぎて連行できないため、説得してほしいとエミディオに頼まれる。

「えぇ〜……。私なんかに、説得なんて出来るわけないじゃないですか」

そんなことをするくらいなら、アメリアの傍についてあげたい。そう言わずとも伝わったのか、エミディオは渋い表情で「そう言わずに」と彼女の耳元に口を寄せてきた。

「実はですねぇ……」

ごにょごにょと話す内容を聞いたビオレッタは、「本当ですか？」とエミディオを訝しげに見る。彼は、「本当です」と力強く頷いた。

『それが本当なら、確かにビオレッタは適任だ。つか、面白そう』

エミディオの話を横から聞いていたネロは、尻尾を左右に振り回しながら『けけけ』と性格の悪い笑みを浮かべる。

「そんな都合よくいかないと思いますけど……」

「まぁまぁ、ものは試しですよ。無理だったら無理で引きずって運べばいいだけですから」

有無を言わさぬエミディオの笑顔に突き動かされ、ビオレッタは渋々、本っ当に渋々、バレリオの元へと向かった。

「離せぇ！　この私を縛るなど、あとで必ず後悔させてやる！」

バレリオが待つ部屋の扉の前までやって来たビオレッタは、扉を開けずとも聞こえてくる罵詈雑言に、早くも疲れを感じた。帰りたいと思って隣のエミディオを見れば、彼は帰しませんよと言わんばかりの笑みを浮かべている。足下のネロに至っては、早く開けろと扉をひっかき始める始末だった。泣く泣く、ビオレッタは扉を開けて中へ入った。

　バレリオが閉じ込められていたのは、使用人が使う私室だった。贅の限りを尽くしたこの屋敷において、思わずほっとしてしまうほど質素な部屋だった。その部屋のベッドの足に縄がくくりつけてあり、それは縛られたバレリオにつながっていた。

　バレリオは部屋に入ってきたビオレッタを見るなり、縄をほどけと声を張り上げ、蓑虫のような身体を動かす。あまりに激しい動きに、ベッドが引きずられてぎいと耳に痛い音を立てていた。

「うるさいぞ。少しは静かに出来ないのか？」

　ビオレッタに続いてエミディオが入ってくると、バレリオは「殿下！」とすがるように見つめ、言い訳を始めた。

『反省の色、なしだな』

　ネロの的確な言葉に、ビオレッタは力なく頷くしかできない。エミディオにも伝わったのか、彼は嘆息した。

「仕方がないですね。ビオレッタ、出番ですよ」

　エミディオは潔いくらいに投げやりに言い、ビオレッタのケープのフードを取り払う。フードに引きずられて舞った金髪が、ろうそくの光を受けてきらきらと輝く。顔にかかった髪を軽く手で払えば、ビオレッタの花のかんばせがあらわになった。

金のまつげに縁取られた空の青のような澄んだ瞳、ろうそくの光を受けて淡く輝く白くなめらかな肌、小さめの唇はふっくらとしていてつい触れてみたくなる。肩の辺りで揺れる不揃いの髪は、不格好に映るどころか、それはそれで儚く思え、見る者の庇護欲をかき立てる。

女神という言葉は彼女のためにあるのではないか。そう思ってしまう美貌を前に――

「光の巫女様ああああぁっ！」

バレリオは、あっさり陥落した。

『うわっ、軽！　いくら何でもチョロすぎだろ』

ビオレッタの肩に登ってきたネロがそう漏らす。激しく同意したい気持ちを抑え、ビオレッタは慈愛に満ちた笑みを浮かべた。

「改めまして、ご挨拶させていただきます。私は、ビオレッタ・ルビーニと申します。このたび、光の巫女に選ばれました」

「まさかっ……ルビーニ家の神の愛し子様でございますか！　あぁっ……あなたにもう一度会える日が来るなんてっ。しかも、お美しく成長された姿をこの目で見ることが出来るとは……！」

感激のあまり泣き出してしまいそうな勢いのバレリオを前に、ビオレッタは尻尾を巻いて逃げ出したい衝動に駆られたが、何とか踏みとどまった。

「あなたが犯した罪を認めないと聞き、ここへやって来たのです。もしあなたが本当に無実ならば、すぐにでもこの縄をほどきましょう。ですが、もし、罪を犯されたのなら、どうか、償ってください」

ビオレッタが瞳を潤ませ（本当は恐怖から）、懇願すれば、バレリオは「巫女様、どうか泣かないでください！」と身を乗り出してきた。

「私は罪を犯しました！　エミディオ殿下がおっしゃったことは全て本当でございます！　それだけではございません――」

と、バレリオはエミディオが暴いた罪だけでなく、明るみに出ていない罪さえもつらつらと懺悔してしまった。それらをレアンドロがちゃっかり書き留め、周りの騎士に調べさせていく。

全ての罪をはき出し終わったところで、ビオレッタは言った。

「これからはどうか、悔い改めて生きてください。あなたが罪を償い終える日を、お待ちいたしております」

それに対するバレリオの返事は、「はい喜んで！」だった……。

従順になったバレリオを置いて、ビオレッタは部屋を出る。廊下まで出てくるなり、彼女は大きく息を吐いてその場に座り込んだ。なぜだろう。ただ話をしていただけなのに、ものすごく疲れてしまった。

『お疲れさん。いやぁ〜、強烈だったな。あんな奴らに幼い子供が取り囲まれたら、そりゃひきこもるわ』

他人事のように言うネロを、ビオレッタはにらみつける。

「もう、ネロ！　いまだって怖いものは怖いんだからね！　茶化さないでっ」

「それは申し訳ないことをしましたね。でも、おかげでことが楽に運びそうですよ」

エミディオが膝をつき、ビオレッタへと手を差し出す。当てつけのようなことを言ってしまい、ビオレッタは少々気まずく感じながら彼の手を取る。エミディオは特に気にした風もなく、にこにこと笑いながらビオレッタを立たせ、言った。

「こんなことなら、わざわざレアンドロに調査などさせずに、最初からあなたの正体を明かしておけばよかったですね」

ビオレッタは無言でエミディオの手を力一杯振り払った。

エミディオとはこういう人だ。人の過去の傷などお構いなしに利用できるものは利用する、血も涙もない人なんだと再認識した。

「それにしても、どうしてあの人が〝ルビーニ家の神の愛し子〟の信奉者だと知っていたんですか?」

「神官長から聞いたんです。バレリオは美しいものに目がなく、ルビーニ家の愛し子のことも光の神以上に崇めていた、とね」

『神官長もバレリオのことをバカに出来ないくらいに〝ルビーニ家の神の愛し子〟を信奉していると思うがな』

「……似たもの同士？」

「同族嫌悪ってやつですよ」

エミディオの言葉に心底納得し、ビオレッタは疲れがどっと増した気がした。


アメリアが眠る部屋まで戻ってきたビオレッタは、ベッドの中でブランとともにすやすやと眠るアメリアを見て、ほっと息を吐いた。

「彼女のことは、どうするつもりですか？」

エミディオの問いに、ビオレッタはアメリアを見つめたまま答える。

「……もし、許されるなら、ルビーニ家で預かりたいと思います。ブランだけとはいえ、彼女は精霊を見ることが出来る。魔術師としていろいろ学べば、きっと他の精霊とも交流出来るようになるはずです」

「そうですか。……うん。きっと、それが一番いい方法だと私も思いますよ」

ビオレッタもエミディオも、アメリアのあどけない寝顔を見つめて、思うことはひとつ。

どうか、この子の未来が光で溢れますように――


「ところで、もうひとつ気になることがあるんです」

「はい、なんでしょう」

「アメリアを見つけ出したとき、どうして彼女を抱きしめたのですか？」

ビオレッタは「えっ」と声を漏らし、エミディオを見る。にんまりと笑う彼を見て、分かっていて聞いているのだと気づき、ビオレッタは顔を赤くしてぷるぷると震えた。言いたくはないが、「ねぇビオレッタ。教えてください」と促されれば、白状するしかない。

「……以前、山で遭難した私を見つけてくださった王子様が、その、私を力一杯抱きしめてくれたのがですね……すごく、安心したから、だからアメリアのことも安心させようと思って……」

最後は尻すぼみになってしまったものの、エミディオにはきちんと伝わったらしく、彼は「なるほど、安心したんですね」と、それはもううれしそうにつぶやいた。

「ねぇ、ビオレッタ。気づいていますか？　アメリアが偽物と証明されたいま、私とあなたの婚約は正式に決定したということです」

「そ、そうですね」

内心、忘れていたと思いながら、ビオレッタが顔をそらして答えると、エミディオはビオレッタの頰に手を添えて振り向かせ、目を合わせた。

「いまも、私との婚約が嫌ですか？」

「え、ええっと、そのぉ……」と、ビオレッタが逃げるように視線をそらすと、エミディオが
「逃げないで」とたしなめる。

「ちゃんと答えてください、ビオレッタ」

「いまは、そのぉ……い、嫌じゃ――」

『やだぁ、なにこの状況。二人って、恋人同士なの？』

「あ、こらブラン！　二人の邪魔しちゃ駄目じゃないっ」

ビオレッタの言葉を、ブランとアメリアの声が遮る。二人の会話を聞く限り、ブランは先ほど起きたばかりなのだろうが、アメリアは――

ビオレッタは問いかけるようにアメリアを見る。視線が合ったアメリアは、誤魔化すように笑った。

「わ、わわ私はっ、王子様との婚約を前向きになんて考えてませんからああああっ！」

恥ずかしさのあまり飛び出たビオレッタの叫びは、彼女の本音が駄々漏れていたのだった。

四日後、ビオレッタは無事に王都へ戻ってきた。結局今回の調査で十日を要してしまい、光の巫女の継承式とエミディオとの婚約式まで十一日しか残っていない。ほっと一息つく暇もなく、ビオレッタは慌しい毎日を過ごすことになった。

アメリアはビオレッタとともに王都へのぼり、ルビーニ家で魔術師見習いとして暮らすことになった。エミディオの計らいで両親との縁は切れ、彼らがアメリアの前に現れることは二度とない。親との縁が切れるというのは悲しいことだが、新しい未来を築こうとしているアメリアにとって、あの両親は重荷にしかならないだろう。

アメリアが自分の世界をきちんと構築できたとき、会いに行けばいい。ビオレッタはそう思っている。

バレリオは最果ての島へ旅立った。比喩ではない。本当に旅立ったのだ。何でも、光の巫女となるビオレッタを支えるため、教会を持たない島へ向かい、新しい教会を建てて暮らすのだという。

見事な改心ぶりに、別人か、と誰もが思った。ビオレッタとしては、近くに寄ってこないならばどこへ行こうがどうでもいい、と思っている。もちろん内緒である。

エミディオは変わらない。相変わらずたくさんの精霊を引き連れて城のあちこちを歩き回り、王子としての責務を全うしている。ビオレッタも準備に忙しいが、同じく変わらない——と言いたいが、少々違う。

今回の一件で、ビオレッタにはひとつの変化があった。というか、気づいた。

どうやら自分は、エミディオを異性と認識しているだけでなく、好意を抱いているらしい。

つまりは、エミディオに、恋、している？


「うわあああああぁ……」

頭に浮かんだ事実が受け入れられず、ビオレッタは顔を両手で押さえてその場にしゃがみ込んだ。

「ビオレッタ様、仕事が出来ません。きちんと立ってください」

「あ、すみません」

すぐ傍に膝をつくお針子に注意され、ビオレッタは慌てて立ち上がった。すぐさまビオレッタを囲うお針子達の手が動く。同性といえども大人数に取り囲まれるのが嫌いなビオレッタだが、仕事中の彼女達はビオレッタに一切の関心を寄せないため、恐怖におののくこともなくしゃんとして立っていられる。真面目にコツコツ針を刺す彼女達に、ビオレッタは尊敬の念を覚えた。

現在、ビオレッタは婚約式で着る衣装を仕立てていた。継承式の衣装はすでにあるものから選んだというのに、なぜ婚約式の衣装は新調するのか。そもそも、継承式の衣装のままではいけないのかとビオレッタが問えば、ビオレッタ付きの侍女たちがものすごい剣幕で「いけません！」と声を荒げたためやむなく引き下がった。

なんでも、婚約式は女にとって一生に一度の晴れ舞台、なんだそうだ。結婚式は？　と問うてみれば、「それもまた、もうひとつの一生に一度の晴れ舞台です」と輝かしい笑みとともに言われた。このままだと、一生に一度の晴れ舞台が何度やってくるのか分からないと、ビオレッタは密かに戦慄した。

調査に向かう前に、採寸やデザイン決めは終えていた。仮縫いのドレスは戻ってきたその日に着せられ、今日は本仮縫いのドレスでフリルやリボンといった装飾の位置を確認していた。

装飾の位置も決まり、一応の完成形が見えたところで、エミディオが侍女に呼ばれて入ってくる。継承式のドレスと違い、腰骨の位置まで身体のラインをみせ、そこからふんわりと広がるデザインのドレスを着たビオレッタを見て、エミディオは一瞬惚けたあと、にっこりと、花開くように微笑んだ。

「まさに物語の姫君ですね。このデザインを考えた店主は、ビオレッタの美しさを正しく理解しているようだ。きれいですよ、ビオレッタ」

訳――確かこのデザインを考えた店主は男だったな。一度腹を割って話そうじゃないか。覚悟しておけよ。

相変わらずビオレッタの脳内ではエミディオの本音が流れてくる。のだが、今回は意味がよく理解できない。なぜ話し合うのに覚悟がいるのか。そもそも、なにを話すというのだろう。

ビオレッタが首をかしげていると、エミディオと一緒に部屋へ入ってきたネロが『知らない方が幸せなこともある』と諭してきた。ビオレッタは素直に考えることを放棄した。

ビオレッタのドレス姿を一通り堪能したエミディオは、すぐ傍まで歩み寄ると、ビオレッタの髪に手を伸ばした。

長さがまちまちだったビオレッタの髪は、顔を合わせるなり絶叫した侍女達によってすぐさま整えられ、肩より少し長い位置でそろえてあった。優しく波打つ髪が陽の光を複雑に跳ね返し、きらきらとそれ自体が光っているように見える。短くなっても、ビオレッタの神聖さを強調するその髪を、エミディオは一房掴んだ。

「……ずいぶん短くなってしまいましたね。まったく……対価なら、あの短剣を使えばいいでしょう」

「あんな高価なもの対価に出せませんよ！　髪なんて、すぐに伸びますから」

ビオレッタがそう言っても、エミディオの表情は晴れない。ビオレッタが勝手に切っただけなのに、こんなに曇った表情をさせるとは思いもしなかった。

腰あたりまであった髪をばっさり短くしてしまったため、周りの人間はビオレッタを哀れに思って心を痛めてくれるのだが、別にビオレッタは長い髪が好きだったわけではない。ただ単に切る手間が面倒でたまにしか手を加えなかった結果、あの長さになっただけなのだ。むしろ周りが同情するたびに、ビオレッタの良心がじくじくと痛んだ。

「あの、本当に、大丈夫ですから。そんなに気に病まないでください」

「……そうですね。これからは、私も一緒に髪を伸ばせばいい」

エミディオの発言の意味が分からず、ビオレッタは「……は？」と声を漏らした。

「また同じようなことが起こったとき、今度は私の髪を対価に渡しましょうね。これ以上、他の誰かのためにあなたの一部を差し出すのは我慢できないんですよ」

「……それはつまり？」

「つまり、髪の毛一本たりとも他人にやるつもりはない、ということです」

目もくらむような極上の笑みを浮かべてエミディオが言い放つ。ビオレッタは底知れない恐怖を感じてぷるぷると震え、足下のネロも『怖っ！　怖すぎるだろ！』と叫んで身震いしていた。

言うだけ言って満足したのか、エミディオは部屋を出て行く。

残ったお針子達に手伝ってもらいながら本仮縫いのドレスを脱ぐビオレッタは、足下のネロを見つめ、言った。

「私……やっぱり、王子様を好きとか気のせいだと思う」

『まぁ、あれだ。ご愁傷様だ』

それはいったい、誰に対してご愁傷様なのだろう。ビオレッタの疑問が聞かずとも伝わったのか、ネロは問いかけるなとばかりに、前足で器用に両耳をふさぎ、その場に伏せてしまった。

せわしなく左右に動く尻尾（しっぽ）が、全てを雄弁に語っている気がした。

光の巫女の継承式とエミディオとの婚約式まで早くも一週間を切り、今日も今日とてビオレッタは――

誘拐されていた。

「成敗いぃっ！」

気合いの咆哮とともに、レアンドロが誘拐犯に跳び蹴りをお見舞いする。一撃必殺なのは頼もしいが、誘拐犯の手から解放されたビオレッタが床にべちょんと落とされるのだけは改善してほしいと思う。何度経験しても受け身がとれず、鼻をしたたかにぶつける自分の運動神経にも、もの申したい。

身を起こしてまず最初に鼻血が出ていないか確認するビオレッタへ、誘拐犯を華麗に沈めたレアンドロが手をさしのべる。

「巫女様。悪はこのレアンドロが成敗いたしました。ご安心ください」

きらきらと目を輝かせてビオレッタを見るその姿は、飼い主にほめてもらえるのを待つ大型

犬のようで、ビオレッタは思わず、

「ひいぃいぃいっ、かゆいかゆいかゆいよぉ！」

絶叫した。

以前レアンドロと話して、彼がビオレッタ自身をきちんと見てくれていると分かっているのだが、申し訳ないことに彼の畏敬の眼差しにはどうしても慣れず、真っ正面から受けてしまうと拒否反応が出てしまう。

「あぁ、かわいそうに。何度経験しても恐怖に慣れるはずありませんよね」

唯一の救いは、レアンドロも変わらず勘違いし続けていることだろうか。

『あー……うん。確かに何度経験しても慣れないみたいだぜ』

正しく状況を理解しているネロだけが、レアンドロへ向け憐憫の眼差しを送る。

「大丈夫ですよ、私がエミディオ殿下の元へお連れいたしますから」

レアンドロは身もだえるビオレッタをひょいと抱き上げると、なだめるようにさわやかな笑みを浮かべ、エミディオの元へと歩き出した。

「レアンドロと出会ってからそれなりの時間が経っているというのに、まだ慣れませんか？」

エミディオの当然の問いに、ビオレッタは「いや～……」と歯切れ悪く答える。

「私も慣れたと思っていたんですよ。でも、ただ単に村にいる間誘拐されなかったがために、真正面から顔を合わせていなかっただけでした」

「あぁ、なるほど。そういえば、久しぶりの誘拐未遂でしたね。怪我はありませんか？」

そう言ってエミディオが背後を振り向くと、背中に張り付いていたビオレッタは「大丈夫なんで、こっち見ないでください」と答えた。

エミディオは一瞬眉をひそめたものの、ひとつ息を吐き、前へ向き直る。

「……あなたは、私の顔にすら慣れていないんですね」

「顔には慣れているんですよ。ただ、きらきらまぶしすぎて目がつぶれそうになるだけです」

『やめろ、ビオレッタ！　王子の顔が怒りでゆがんでいる。人の顔を見て目がつぶれる、なんて失礼だろう。せめて目に痛いとか、目に悪いとかにしておけ！』

「なんでしょうねぇ。なんとなくですが、失礼なことを言われている気がします」

ネロの声が聞こえないはずのエミディオが、黒い気配を惜しみなく放ちながら振り返る。ビオレッタの肩に乗るネロを見れば、ネロはさざ波のように毛を震わせた。おびえるネロを見てエミディオはにたりと笑みを深め、手を伸ばす。

「もうっ！　こっち向かないでくださいって言っているじゃないですか！」

あと少しで魔の手がネロに――というところで、ビオレッタがエミディオの肩を押して前へむき直させた。

「王子様の顔はなんだか心臓に悪いんです！　だからこっち向かないでください」

「……それ、どういう意味で言ってます？」

「どういう意味もなにも、そのままです！」

ぷりぷりと怒りながらビオレッタが答えると、エミディオは素早い動きでビオレッタへと向き直り、彼女の両手を取る。

「どうして私の顔を見るとドキドキするのか、教えてもらえますか？」

獲物を前にした猛禽類（もうきん）のような鋭い眼差しでエミディオが笑った。

「みぎゃあぁっ、まぶしいぃ！」

ビオレッタはエミディオの手を振り払って両目を押さえた。ペースを崩されたエミディオは笑顔を引きつらせ、ネロへと視線を移す。身の危険を感じたネロは逃走を試みるも、ビオレッタに抱き上げられて失敗した。

「ネロ、まぶしすぎてつらい！　お願い、少しでいいから暗くしてっ」

『おまっ、バカか！　俺はこの状況が恐ろしすぎてつらいわ！　俺のことを思うなら自由にしてくれ』

もがくネロを抱きしめて離さないビオレッタ。一人と一匹が激しい攻防を繰り広げていると、突然、エミディオが「ふふふ」と笑い出した。

「村での一件で、あなたとの距離が近づいたと思ったのですが、思い違いをしていたようです。我々の距離が近づいたのではなく、私の周りを漂う光の精霊達が疲れて眠りについたがために、あなたの目がくらむことなくまともに会話が出来た、ということなのですね」

部屋を覆いつくさん勢いの影を放出しながら笑っていたエミディオが、凍りつくように表情を消す。そして、低く冷たい声で言った。

「精霊達よ、今後、私とビオレッタが会っている間、私の側に寄りつくことを禁止する」

抑揚のない声で告げられた命令は、誰であろうと逆らえない不思議な強さがあり、部屋をただよう全ての精霊達の動きを止めた。時が止まったかのような静寂は、やがて精霊達のすすり泣く声が塗り替える。

「お、おおお王子様！　それだけは、それだけは許してください。みみみんな、王子様が大好きなのにっ……」

精霊達は涙を流しながら、ひとり、またひとりと部屋を出て行く。ネロさえもしょんぼりと背を向けてしまい。ビオレッタは両手で頭を抱えた。

「心配せずとも、ビオレッタがいないときは傍にいられますよ」

「でもでも、それじゃあ私が……」

「精霊がいなければ、私と会う意味がないと？」

ビオレッタの言葉を打ち消すように問いかけられ、ビオレッタは本能で「そんなことありません」と答えた。

「でしたら、なんら問題はありませんね」

満足げに笑うエミディオへ、ビオレッタは「問題大ありです！」と心の中だけで答えた。そんな彼女の心中が分かるのか、エミディオは笑顔のまま目をすっと細める。

「以前私が言った言葉を覚えていますか？　今度は私が、あなたを振り回す番です。覚悟していてくださいね」

覚悟って、なんの覚悟ですか――――！　とは、聞けないビオレッタだった。


「ううぅっ……ぐすん……」

ビオレッタは部屋へ戻るなりベッドに登って毛布を頭から被り、べそべそと泣き始めた。その様子を見たネロは、ため息をこぼす。

『じめじめ泣くんじゃない。別にいいじゃないか。近い未来に夫となるエミディオと、ゆっくり話せる機会が出来たと思え。実際、こうでもしないとまともに会話が成り立たないだろう』

「確かにっ、そうかもしれないけどさぁ……。わた、私っ、まだ王子様と結婚するって、認めたわけじゃないもん！」

嗚咽混じりの主張を聞き、ネロは『はぁっ？』と声を荒げる。

『婚約式まで一週間を切っているのに、まだそんなことを言っているのか？　いまさら嫌だとか言っても、周りに迷惑をかけるだけだぞ』

「嫌だなんて言わないよ！　婚約式はちゃんとするもん。ただ、結婚するかはまだ分かんないってこと」

『婚約しておいてどうして結婚しないいんだよ。意味が分からない』

毛布の山がもぞもぞと動いたかと思えば、隙間からビオレッタのふてくされた顔が覗いた。

「だって！　……王子様、誰とでも結婚するって言ったんだもん。王族として当然の覚悟なのかもしれないけどさ、相手を前にしてそういうこと言う？　そんな人と結婚して、幸せになれるのかな、って思っちゃって」

最初こそネロをにらみつけていたビオレッタだったが、次第に視線を落としていき、最後は声もしぼんで消えていった。ネロもつられるように耳をへにょんと伏せ、『あー……、あれなぁ……』と言葉を濁す。

「私みたいなひきこもりが王族になるだなんて、考えただけでも震えてくるのに、旦那様があの王子様だよ？　誰でもいいとか言っちゃう人だよ？　不安しかないよ。それなのに、心の憩いだった精霊との触れ合いも減っちゃって……私、これからどうすればいいのぉ……」

また毛布に潜り込んで、ビオレッタはぐずぐずと泣き続ける。ネロはそんな彼女にかける言葉が見つからず、難しい表情を浮かべて尻尾を左右に振るだけだった。

翌日、光の巫女の修行を終えたビオレッタは、エミディオの執務室へ向かうかどうか迷った。いままでエミディオの執務室へ通っていたのは精霊達に会うためだ。あの広くてたくましい背中にしがみついてエミディオ自身の放つ黒い気配に浸れないのならば、意味がない……。

「あれ、違う。これじゃあ王子様に会いたいみたいじゃない。そうじゃなくて、闇の精霊ときゃっきゃムフフ出来ないなら意味がないってことだよ」

ビオレッタは腕を組んで、「うん、うん」とおおげさに頷く。

闇の精霊と戯れつつ、時々エミディオのきらきらスマイルを堪能して――

「違うっ、光の精霊のきらきらを堪能するの！」

ビオレッタは頭を抱える。

とにかく、精霊達と交流できなければ、エミディオと会う意味がない。ここはまっすぐ、自分の部屋へ戻ろう――と、頭では思うのだが、なんだかそわそわ落ち着かない気持ちになる。

城に滞在して三ヶ月近く、ほぼ毎日欠かさず修行のあとはエミディオの執務室へ足を運んでいたのだ。華やかな香りで身体の緊張をほぐすお茶と、芸術品のような美しさと口に広がる甘さで心を温かくするお菓子。思い出すだけで、口が寂しくなってきた。

「これはあれだ。習慣ってやつだ。一日のペースは崩さないほうがいいよね、うん」

などと、一人言い訳をしながら、ビオレッタは今日も変わらずエミディオの執務室を目指すのだった。

エミディオの執務室までやって来たビオレッタは、入室の許可をもらってから扉を開ける。するとと扉の隙間からしょんぼり落ち込む精霊達がふよふよと出てきて、ビオレッタは断腸の思いで彼らを見送り、中へと入った。

部屋の主であるエミディオは、執務机に腰掛けて書類の束に目を通している。いつもなら彼の周りを飛び交っている精霊達が見当たらず、どこか寂寥として見えた。

ビオレッタが近づくと、エミディオは書類から顔を上げ、ひとつ息を吐いた。

「よく来ましたね。来ないかと思いました」

「来ますよぉ……その、修行のあとは王子様とのお茶の時間ですから」

ビオレッタがどこか歯切れ悪く答えると、エミディオははにかむように笑った。光の精霊はいないのに、ビオレッタにはその笑顔がきらきら光って見えて、思わず視線を泳がせてしまった。

「精霊がいなくても変わらず私を訪ねてくれたあなたに、おいしいお茶をごちそうしてあげたいのですが、あいにく、時間がありません。あなたに会っていただきたい人がいるのです」

「会っていただきたい、人？　ここにいらっしゃっているんですか？」

「いえ、いまからあなたに出向いていただきます。相手は、聖地を守る神官です」

「聖地を守る、神官？　……って、聖地⁉」

聖地とは、王族の祖である神がこの地に降り立った場所とされ、城の裏にひっそりと、しかしながらきっちり厳重に護(まも)られて存在する。アレサンドリ国民にとって尊崇(そんすう)の核心とも言える、文字通りの聖地だ。

「せせせ聖地なんて、わた私なんかが近づいても、いい、いいんでしょうか？」

「いいか悪いかはその神官がいまから判断します。私と結婚すれば、あなたは王族の一員になる。その前に、先祖である神に報告する義務があるのですよ。そしてそれは、聖地の祭壇で行われます」

聖地は城の敷地内に存在するため、エミディオを追いかけて城中を歩き回っていたとき、聖地の近くを歩く機会がビオレッタにもあった。だが、恐れ多すぎて、近づこうだなんて考えもしなかった。

そんな場所へ、入る、だと？

「む、むむむ無理無理無理無理っ！　私みたいなひきこもりの魔術師が聖地なんて、聖地なんて、罰が当たりますぅ！」

「罰が当たらないように、聖地を守る神官の許可をいただくのでしょう。神官は聖地へ続く通路を護っています。城の端ですから少々距離はありますが、レアンドロが案内します。安心してください」

「……え、私ひとりで向かうんですか？　王子様は？」

ビオレッタの疑問に、エミディオは「私は……」と言葉を詰まらせ、顔を背ける。

「私は、行きません。聖地を守る神官にはあなただけで会ってください」

「それは……忙しいからですか？」

「王族は選定を受けずとも聖地に入る権利があります。心配せずとも、神に報告するときは私もご一緒しますよ」

なんとなく話をはぐらかされた気がして、ビオレッタは「はぁ……」としか答えられない。

「私のことは気にせず、早く向かってください。レアンドロ、頼みましたよ」

エミディオにせかされ、ビオレッタはレアンドロにエスコートされて執務室を出る。パタンと軽い音を立てて閉じた扉を振り返り、ビオレッタは首をかしげた。


「なんだか、王子様の様子がおかしかった気がする……」

レアンドロの後ろをついて廊下(ろうか)を歩くビオレッタは、誰に聞かせるつもりもなく、ぽつりとつぶやいた。

『おかしいって、どうおかしかったんだよ』

並んで歩くネロが耳ざとく聞きつけて問いかける。ビオレッタはあごに手をそえ、先ほどまでのエミディオの様子を思い返しながら口を開いた。

「いま思えば、最初から元気がなかった気がするんだ。どうして一緒に行けないのか、いまいちはっきり答えてくれなかったし……」

『一緒に行けないんじゃなくて、行きたくないんじゃねぇの？』

「行きたくない？　それはまた、どうして？」

『そりゃもちろん、聖地を守る神官に会いたくないからだろ』

「えぇ～。あの王子様に限って会いたくない人とかいないって。どちらかというと、会いたくないと思われる人だよ」

　絶対ないとばかりに手と頭を振るビオレッタへ、ネロは『……それはお前限定だと思うぞ？』と静かに突っ込んだ。

『いくら腹黒王子でも人間なんだ。会いたくない人間の一人や二人、いるだろうよ。そうだなあ、昔本気で好きになった相手、とかな』

「…………は？」

　ビオレッタは思わず足を止め、遅れて立ち止まったネロの萌黄色の瞳を凝視した。

「いや、だって、神官なんだから男でしょ」

『女の神官だって数は少ないが存在するぞ。お前だっていままで何人か見てきただろう』

　ネロのおっしゃるとおりだったのでビオレッタはなにも言い返せない。先を歩いていたレアンドロが立ち止まったビオレッタに気づき、すぐ傍まで戻ってどうかしたのか問いかけてくるが、ビオレッタは喉(のど)にものが詰まったかのように声すら出せない。

エミディオに、好きな人が、いる？

「今度の継承式では、久しぶりに聖地を守る神官様が参列されるんですって」

「じゃあ、久しぶりにあのお美しい姿を拝見できるのね！」

女性二人の楽しそうな会話が、ビオレッタの真っ白な頭に飛び込んできた。聖地を守る神官について話していると気づいたビオレッタは、声が聞こえてくる方——すぐ真横の扉へと近づいていく。

「聖地を守る神官様って、本当にお美しいわよねぇ。もっと聖地から出てきてくださったらいいのに」

「でも、あの美貌(びぼう)を毎日のように見ていたら、私、女としての自信がなくなっちゃうわ。どうしたらあんなに美しくいられるのかしら」

「エミディオ殿下と並ぶと、一枚の絵のように華やかで……あぁ、継承式が楽しみ！」

ビオレッタが耳を寄せようとしたまさにそのとき、扉が勢いよく開いた。ビオレッタは横っ面(つら)を思い切りぶつけ、「ふぎゃうっ」という情けない声をあげてその場にうずくまった。

「えっ、ビ、ビオレッタ様⁉　申し訳ありません！」

顔を真っ青にして頭を下げる侍女(じじょ)達へ、ビオレッタは右耳を押さえたまま「気にしないで」と答える。もとはと言えば、盗み聞きしようとしたビオレッタが悪いのだ。あせる侍女達をなだめ、仕事に戻してから、ビオレッタは差し出されたレアンドロの手を取り、聞いた。

「あのぉ、レアンドロさん。聖地を守る神官様って、そんなに美人なんですか？」

ビオレッタを立ち上がらせたレアンドロは、「そうですねぇ……」と視線を横へ流した。

「人の美醜に無頓着な私から見ても、あのお方はお美しい方だと思います。ビオレッタ様が花で、エミディオ様を太陽とたとえるなら、あのお方は月、でしょうか」

レアンドロにここまで言わせる美貌とは、どれほどのものなのだろう。いや、それよりも、エミディオが太陽で聖地を守る神官が月とは、つまりは、二人は一対として認識されているということだろうか。

一対、つまりは、恋人？

ビオレッタの全身から血の気がひく。指先が冷たくなり、立ちくらみを起こしてふらついた。とっさに支えたレアンドロが心配して声をかけているが、いまのビオレッタには全く聞こえていない。

エミディオに恋人がいただなんて考えたこともなかった。しかし、ビオレッタにはただただまぶしいだけだが一般的にはそれこそ目もくらむ美しい顔と、第一王子という王位に一番近い地位を持っている人だ、寄ってくる女性は数えきれないくらいいるだろう。恋人がいたとしてもおかしくない。

もしもその恋人が忘れられないとしたら？

誰であろうと結婚すると言ったのは、王族としての覚悟ではなく、もうすでに心の中に唯一の人がいて、それ以外の人を愛するつもりがないからこそ言った言葉だとしたら？

ビオレッタの中で、エミディオと聖地を守る神官の悲しい恋物語が紡がれていく。神殿で出会った二人、引き寄せられるように恋に落ちるも、身分が違いすぎて結婚は許されず、離れてもエミディオを支え続けたいと思った彼女は聖地を守る神官になる。

「王子様はいまだ神官様の決断を受け入れられず、それゆえに会えないのね！」

ビオレッタが感極まって叫ぶと、レアンドロはびくりと震えたものの、「あー……、確かにそうかもしれませんね」と苦々しい笑みをこぼした。

「エミディオ殿下にとって、聖地を守る神官様は特別な存在……というか、どうあっても意識せざるをえない方、とでも言いましょうか」

「忘れることなど出来ないお方なのですね！」

「忘れられたなら、どれだけお心が軽くなるでしょう。殿下にとっても、あのお方にとっても……」

やはり二人は元恋人同士で、未だお互いに心を残したままなのだ。そう確信したビオレッタは、いまから聖地を守る神官へ会いに行くという事実にわななないた。

「わ、わたた、私なんかが会いに行っていいんでしょうか？」

ビオレッタは仮にもエミディオの婚約者だ。彼の隣に立てなくとも傍で支えると決めて、行動に移してしまうほど深くエミディオを愛する人が、ただ単に流されてここまで来てしまった元ひきこもりのビオレッタを見て、なにを思うだろう。

「こんなやつに王子様は渡せない、とか言われたらどうしよう……」

「あのお方に限って、そのようなことはないと思いますが」

「そんなことないです！　私なんてひきこもりだし、すぐにぐずぐず泣くし、光の精霊が見えるようになってもまだきらきらしたものには慣れないし……」

「巫女様、どうか自信を持ってください。あなたは光の巫女に相応しい力と慈悲深さをもち、その美しい容姿と相まって誰にも劣らぬ神聖さを纏っておいでです」

「……うん。かゆいからそれぐらいで勘弁してください」

ビオレッタはぽりぽりと首筋をかいた。

「婚約式が近づき、不安に思う気持ちは分かります。だからこそ、あのお方とお会いするべきです」

エミディオとの婚約が避けられない以上、聖地を守る神官と会うしかない。やるしかないなら、やります、の精神で、ビオレッタは腹をくくることにした。

たとえばもし、ビオレッタを見て聖地を守る神官が失望したら、やはりエミディオの隣は誰にも譲れないと思い直すかもしれない。そうすれば、エミディオも今回の婚約話を白紙に戻すだろう。なんたって、誰であろうと結婚するとビオレッタに言い放ち牽制するほどに、彼女のことを愛しているのだから。

そう考えたとたん、どうしてだろう、胸がきゅううっと締め付けられる。息苦しさのあまりビオレッタが小さく息を吐くと、レアンドロは気遣わしげに顔をゆがめてビオレッタの背をなでた。

「大丈夫ですよ、巫女様。必ず、神官様はあなたをお認めになられます」

レアンドロに促され、ビオレッタは震える足で廊下を歩きだした。

廊下を進んでいく二人の後ろ姿を、ちょこんと座り込んだまま見つめるネロは、追いかけるそぶりも見せずにぼそりとつぶやく。

『すっげえな。どうして会話が成立するんだ？』

かしげた首の動きにつられて、ネロの長い尻尾がくにゃりと曲がった。


聖地は、城の敷地の中で、端の端の端、隅っこにひっそりと存在する。神が降り立った場所は祭壇となっており、それを外界から隔離するようにガラス張りの鉄格子で囲まれ、庭から見ると巨大な鳥籠のように見えた。鳥籠の周りは高い生け垣で囲ってあり、中の様子はうかがい知ることが出来ない。唯一の入り口は、城から伸びる渡り廊下のみだ。

レアンドロの背を追いかけて行くと、騎士が警護する扉に突き当たった。純白に金の装飾が豪奢な両開きの扉は、きっと聖地へ続く渡り廊下に繋がっているのだろう。この扉をビオレッタがくぐるには、聖地を守る神官に認めていただかなければならない。

聖地を守る神官は、渡り廊下へ続く扉のすぐ手前にある部屋で生活しており、毎日聖地へ赴いて神に祈りを捧げているという。世俗にかかわらず、限られた空間の中で粛々と生活しているという神官に、ビオレッタは勝手に親近感を抱いてしまった。

因縁の女性と対峙か、と、ビオレッタが様々な覚悟を持って会った聖地を守る神官は、侍女やレアンドロが口をそろえて美しいと評するに相応しい美貌を持っていた。

緩く三つ編みにした白金の髪は腰に達するほど長く、すっと伸びた背にそって揺れる様は凛として映える。切れ長の目は鋭い印象を与えるが、アメジストの瞳は暖かくビオレッタを見つめていた。白磁のような染みひとつない肌をもち、ほんのりと色づく薄い唇は笑みの形を作っている。まさに女神の彫刻像のようなそれはそれは美しい――

「初めまして。私は、ベネディクト・ディ・アレサンドリと申します」

男性だった。

「彼女じゃなかったあああああっ！」

ビオレッタは頭を抱えて叫んだ。

いままでの会話を思い出してみれば、ベネディクトを男と考えた方が自然な会話が多かった。侍女達がはしゃいでいたのも見目麗しい男性を見られるからだし、自分よりきれいな男を目にすれば、それは女としての自信がなくなることだろうとも思う。レアンドロとの会話も、成立はしていたがお互いに言葉が足りないせいで全く明後日の方向のやりとりだった。

「言葉が足りないって、恐ろしい……！」

反省するべき所は反省するが、ここまで勘違いしてしまったのは、他ならぬネロが煽ったからだ。

ビオレッタが頭を抱えていた両手を下ろして勢いよく振り向けば、ネロは仰向けに転がり前足で器用に腹を抱えて大笑いしていた。

「もぉっ、ネロ！　わざと私を勘違いさせたわね！　いじわるっ」

精霊達は個々の繋がりが強く、様々な情報を共有している。闇の精霊であるネロが城で暮らすベネディクトのことを知らないはずがなかった。

『あっはっはっ、あーははははっ、ぐっ、くく……ふははっ。はあー、笑った、笑った、面白かった。まさかここまで見事に勘違いするとは俺も思わなかった』

「ひどいっ、ひどすぎる！　私の不安を返せっ」

『知らねぇよ。俺はただ、女かもよ、と言っただけだ』

「男だって知っているくせに、どうして女かもなんて言うのよ。悪意しか感じない！」

「……あの、ビオレッタ様？」

落ち着いた涼やかな声が、ビオレッタの混乱する頭に染み渡る。はっと我に返ったビオレッタが前へと向き直れば、まさに月の化身のような静寂な空気を纏う美丈夫が、その相貌を曇らせていた。

「す、すすすすみませんっ。失礼をいたしました」

ビオレッタが慌てて頭を深く下げると、くすくすと軽やかな笑い声が降ってくる。

「お気になさらないでください。あなたは本当に精霊と仲がよろしいのですね。精霊達がこれほどまでにはしゃぐ姿、初めて見ました」

「そ……そう言っていただけるとありがたいです」とぼそぼそと答えながら顔を上げたビオレッタは、「ん？」と眉をひそめたあと、はっと息を吸いながら口と目を極限まで開き、

「ひょえええええええええええええぇっ！」

盛大に、叫んだのだった。


「ま、まさか……精霊が、みみ見えるんですか？」

放心状態が解けるなり前のめり気味に詰問するビオレッタへ、ベネディクトはひるむことなく「はい」と答える。

「声を聞くことは出来ませんが、私は精霊をこの目に映すことが出来ます」

そう言って、自らの目を指さしてはにかむ。その表情だけで、精霊が見えるということをベネディクトが誇りに思っていると伝わり、ビオレッタの胸が熱くなった。

「ようこそおいでくださいました、ルビーニ家の姫君。聖地を守る神官として、あなたに聖地へ入る資格があると認めます。あなたがここへ来る日を待ちわびておりました」

どんな問答があるのかと身構えていたのに、あっさりと許可が下りてしまい、ビオレッタは困惑する。

「あの……私、魔術師なのですが……本当に、聖地へ足を踏み入れても大丈夫なのでしょうか？」

「はい。聖地はあなたを求めております。といっても、不安ですよね。教会はあなたたち魔術師を目の敵にしていましたから。ですが、どうか私を信じてください。全ての答えは、聖地にあります」

いったいどういうことなのか、皆目見当もつかない状態だが、聖地に行けば分かると言われてしまった以上、行くしかないだろう。

ビオレッタはベネディクトに導かれるまま、聖地へと向かった。

ベネディクトとともに渡り廊下へと続く扉の前に立つと、騎士達は異議を唱えることもなく扉を開いた。聖地へと続く渡り廊下は、せっかく庭の中を通るというのに、景色を楽しむつもりはないとばかりに分厚い壁で囲ってある。採光のための窓が天井に空けられており、薄暗い廊下に光の柱が等間隔で立っているように見えた。

光の柱をいくつも通り抜けた先、渡り廊下の終点に、入り口と同じ両開きの扉が現れた。聖地という特別な場所へつながるというのに、城側の扉と全く同じものだった。違うのは、騎士が立っていないことくらいだ。

ベネディクトが扉に手をかけるのを見て、ビオレッタは思わずごくりと喉を鳴らす。ビオレッタの緊張に気づいたベネディクトが、振り返って優しく微笑んだ。

「きっと、驚きますよ」

そう前置きして、ベネディクトが扉を大きく開け放つ。薄暗い廊下から一変、遮るものなく降り注ぐ太陽の恩恵に、ビオレッタの視界は真っ白に染め上げられてしまった。手で目元を庇い、何度か瞬きを繰り返して徐々に視力を取り戻していったビオレッタが目にしたのは——

精霊達の楽園だった。

半円形の鳥籠の中は植物園となっており、色とりどりの花がそこかしこに咲き誇っていた。腰の高さの生け垣もあれば傘のように日差しを遮る樹も立ち、足下で慎ましやかに咲く花もいる。人の手が作りだし、維持しているものではあるが、城の庭のように整然としていない、自然のまま生きる植物たちに囲まれて、大量の精霊達が暮らしていた。

太陽の恵みを一心に浴びる木々の中で光の精霊は粒子のようにきらきらと瞬き、青々と茂る葉が作る影ひとつひとつに闇の精霊が潜り込んでいる。アメリアと出会った村も豊かな自然に溶けるようにたくさんの精霊がいると思ったが、ここはその比ではなかった。

緑の中で伸びやかに気ままに暮らす彼らが、ビオレッタを見るなり目を輝かせて集まってくるのだ。大量の精霊に囲まれ埋もれてしまいそうになったビオレッタは、

「この世の、春がきたああああぁっ！」

　このまま埋もれ死んでもいいと本気で思った。


「はぁん……もう、ここから動きたくない」

　祭壇の段差に腰を落ち着けたビオレッタは、右を見ても左を見ても、精霊以外なにも見えないこの状況に至福のため息をこぼした。まさに、精霊に埋め尽くされるという状態だった。

　精霊に囲まれて歓喜していたビオレッタは、このまま立っているのもつらいだろうと気を利かせたベネディクトによって、聖地中央の祭壇へと案内された。聖地は庭園なので足下は土のままだが、唯一、中央の祭壇だけは真っ白い大理石で出来ていた。円形の祭壇は中心に向けて二段高くなっており、その段差にビオレッタは恐れ多くも腰掛けている。いくらベネディクトの勧めとはいえ、普段のビオレッタなら絶対に断るはずだが、いまは精霊に心を奪われているため、自分がどこに腰掛けているのかすら正しく理解できていなかった。

「私が言ったとおり、聖地はあなたを求めていたでしょう？」

　ベネディクトの言うとおり、精霊達は口々に「会いたかった」と歓迎してくれる。

「こんなに喜んでくれるなんて、すごく嬉しいです」

「私も、こんなに嬉しそうな精霊達を見られてよかったです。これからは、いつでも好きなときにここへ遊びに来てください。騎士達には話を通しておきますので」

精霊達と好きなだけ会っていいだなんて、なんと太っ腹なことだろう。ビオレッタは目をきらきらと輝かせ、しかしあることに気づいて表情を曇らせた。

「魔術師が聖地に入り浸って大丈夫なんでしょうか？」

神官長は許してくれそうだが、教会という組織は神官長一人で成り立っているわけではない。王家と教会が敵対するきっかけになりそうなことは控えるべきだろう。

ビオレッタの考えが読めたのか、ベネディクトは眉を下げて寂しく笑った。

「気を遣わせてしまって、申し訳ありません。ですが、どうかお気になさらず、あなたの心のままに精霊達と会ってあげてください。ここは、そのための場所なのです」

そのための場所、とはどういうことなのか。ビオレッタは少々引っかかりを覚えたものの、気兼ねなく精霊達と会える喜びのあまり、その違和感を忘れさった。

「好きなだけ来ていいなら、毎日でも通おうかな」

『そんな暇があるのかよ。いまは継承式と婚約式の準備で忙しいだろうが』

膝の上でくつろぐネロに痛いところを衝かれ、ビオレッタはうっと言葉に詰まる。継承式と婚約式を同じ日に行うため、城はいまやてんやわんやの大騒ぎだ。当事者であるビオレッタは衣装などの用意がすめばすることもなく、比較的自由に過ごしていたが、さすがに一週間を切ってくると、当日へ向けてふたつの式の段取りを確認しなければならない。日々の修行やエミディオとのお茶会も変わらず行うので、式が近づけば近づくほどビオレッタも忙しくなる。

「……王子様とのお茶会をここで行うとか……」

ビオレッタの弱々しい提案に、ネロは『無理じゃないか？』と即答する。そうだよね、と思いながらもベネディクトを窺うと、彼はくしゃりと笑みを崩して肩をすくませた。

「難しいでしょうね。あの子は、聖地に近寄ろうとしません。今日も、一緒に来るよう言ったのですが……」

「え、私ひとりを呼んだのではないのですか？」

ベネディクトはため息とともに首を横に振った。

「……あの子は、私に会いたくないのです」

エミディオがベネディクトの元へ向かうよう指示をした際、どこか落ち着きがなかったことをビオレッタは思い出し、ベネディクトをまじまじと見つめる。視線を下げて笑うベネディクトの姿は、自分自身に失望しているような、そんな哀しさを感じた。

「あのぉ……もし、差し障りがなければ、お二人の間になにがあったのかお伺いしても？」

「あぁ、そんなに気を遣わないでください。ただ単に、私が失敗しただけなんですよ」

そう前置きをして、ベネディクトはエミディオと疎遠になった経緯を話し出した。

「私は現国王の弟です。といっても、ずいぶん年が離れていて、甥であるエミディオの方が年が近いんですよ」

そういえば、アレサンドリと名乗っていたな、と、ビオレッタが今更気づいたのは秘密だ。

エミディオが生まれたのはベネディクトが十歳の時だったそうだ。小さい頃から精霊を見ることが出来たベネディクト少年は、生まれたばかりのエミディオを見て、こう言った。

「たくさんの精霊に囲まれて、この子はまるで、魔術師のようだ、と……」

「……言っちゃったんですね」

『正直すぎるだろ。恐ろしいな十歳児』

精霊を信仰することで嫌われている魔術師にそっくりと言われてしまえば、たとえ王族といえどもまずい立場に追い込まれることは目に見えていた。

ビオレッタの横に腰掛けるベネディクトは、顔を両手で覆ってさめざめと語る。

「私が不用意に放った言葉のせいで、エミディオは国王の第一子であるにもかかわらず王籍から外されそうになりました。そのときは子供の戯れ言にいちいち目くじらをたてるなという国王の一言により事なきを得ましたが、エミディオに対する周りの目は厳しくなってしまったのです」

精霊に好かれているというだけでその騒動では、精霊が見えるというベネディクトはどうなるのかといえば、生まれたばかりでまだまだ未知数の赤子と違い、ベネディクトはすでに優秀な王弟であると周りに認知されていたという。王族の男子として備えるべき知識、剣術はもちろんのこと、マナーやダンスといった社交に必要な技術の他、音楽といった趣味の面でも非凡な才能を開花させていたらしい。さらにはその神秘的な美しさと物腰柔らかな態度から、多少精霊について発言しても、周りは少し不思議な発言をする天才、ぐらいにしか思わなかったそうだ。

「だったらいっそのこと、魔術師云々も不思議発言のひとつにしておいてくれてもいいのにね」

『そこら辺は、あれだな。ただ単に生まれながら王位を約束されているエミディオへの妬みだな。人間ってのは、手の届かない天上の人に傷を見つけると、それがどれだけ小さかろうとぶちぶち文句を言いたくなるものなのさ』

ネロの説明を聞きながら、ビオレッタはあまりのくだらなさに思い切り顔をしかめた。

エミディオは成長するにつれ、ベネディクトに負けない、いや、それ以上の才覚を見せつけていった。どん欲に知識を求め、剣の腕を上げるために成人の騎士に挑む姿は気迫溢れるもので、同じ年の頃のベネディクトと比べても雲泥の差があったという。だが、周りは過去の幼いベネディクトではなく、その当時エミディオの隣に立っていた大人のベネディクトと比較してエミディオを低く評価したのだそうだ。

「……それ、どう考えてもおかしくないですか？」

「私もそう思い、何度も何度も皆に言ったのですが……貴族達は聞き入れませんでした」

なぜそうなったのか、ベネディクトにも分からないらしく、しゅんと肩を落とした。ビオレッタがそれを見つめていると、膝の上のネロが『おい』と声をかけてくる。視線を合わせると、彼はベネディクトに代わって当時の様子を語ってくれた。

ベネディクトは甥っ子かわいさのあまり、彼の周りをやたらとうろちょろしたのだという。エミディオが騎士に勝てばベネディクトが次の相手をかって出てエミディオをたたきのめし、エミディオが家庭教師を相手に議論を交わし、彼の年齢に似つかわしくない知識の深さに教師が舌をまけば、横で聞いていたベネディクトが褒め称えた後、さらに奥深い知識を披露した。エミディオがピアノを嗜めばその隣で作曲するし、同じ年頃の貴族の少年少女とお茶会をすれば、大人の魅力全開で会場の少女や奥様達の視線を釘付けにしてしまう始末。

「わざとやってるんじゃないでしょうね！」

思わず敬語も忘れてビオレッタは叫んでしまったが、ベネディクトはなんのことか分からないと首をかしげるだけだった。その眼差しから邪念を全く感じられず、ビオレッタは改めて当時のベネディクトが何を考えて行動していたのかを聞いてみる。

「初めて出来た甥っ子だったから……とにかく可愛くて。王や王妃が一緒にいられない分、私が一緒にいてあげようと思ったのです」

それは分かる、とビオレッタは思った。だが、そこまでだった。

「剣術の稽古でわざと負けなかったのは、そんなことをしてもエミディオが喜ぶはずはないと思ったからです。あの子はまっすぐな子だから、正々堂々と戦わないと、失礼でしょう」

『だからといって、たたきのめす必要はないと思う』

「エミディオは本当に頭のいい子でした。知識をぐんぐん吸い込んで。だから私も、知っている限りのことを全て教えたくなるんですよね」

『それはそうだが、タイミングというものを考えてほしい』

「エミディオの奏でる音楽は私の心を大きく揺さぶるのです。そして、どこからともなく新たな旋律が……」

『沸いてきても心に留めておいてくれれば……』

「子供達が集まるお茶会は将来に向けて大切な社交の練習場ですからね。エミディオの保護者として、きちんとお手本を見せねばならないと思いまして、頑張りました」

　きらきらと目を輝かせて語るベネディクトを前に、ビオレッタは頭を抱えて押し黙った。そしてネロは、信じられないものを見たような顔でベネディクトを凝視し、言った。

『もう、何も言えない』

　ビオレッタも全く同じ気持ちである。

　ビオレッタの反応を見て、彼なりに何か察したのだろう。ベネディクトは水を与えられなかった花のようにへなへなとしぼんでいった。

「分かっているんです……。私達の年齢が中途半端に近いせいで、どうしても比べられがちなことは」

『分かってねぇ！　いや、その通りだが、それもあるが、それだけじゃない！』

ネロの鋭い突っ込みに、ビオレッタも黙って何度も頷く。自分の意見に賛同してくれたのだと勘違いしたベネディクトは、分かってくれますか、とばかりに目を潤ませた。

「終いには王位をエミディオではなく私に譲ってはどうかと言い出すバカまで出てきて……。王妃には親の敵のようににらまれました」

『にらむだけに留めた王妃は大人だと思うぞ』

王妃の気持ちが痛いほど分かるビオレッタは、ネロの意見に心から賛成した。

本当に何も分かっていないベネディクトの、何とも言えない間の悪さに、ビオレッタはついつい生ぬるい目で彼を見てしまう。いわゆる、悪い人ではないんだけど……という奴だ。

「王子様がベネディクト様を避けるのは、その騒動が原因ですか？」

「……いえ。あの子は、自分の立場がどれだけ危うくなろうとも、決して私を悪く言いませんでした。私に対して嫌な顔ひとつせず、常に笑顔で接してくれたのです」

『なるほど。それであれだけ腹黒くなったんだな』

ネロの言葉にビオレッタは激しく同意しつつ、ベネディクトに彼の声が聞こえなくてよかったと思った。

「そんなエミディオを見ていると心苦しくて……。耐えきれなくなった私は、自ら聖地を守る神官となり、王位争いから遠のきました」

「聖地を守る神官って、望んでなれるものなのですか？」

「聖地を守る神官は代々王族が担（にな）っております。先代がちょうど引退を望んだので、そこへ私が立候補したのです。もともと、精霊を見る特異な存在でしたし、国王をはじめとした、きちんとエミディオを見ている方々は賛成してくださいました」

　状況から判断するしかないが、聖地とは精霊のためにあるように思える。とすれば、精霊と交流できるベネディクトにとっていまの立場はまさに天職といえるだろう。

　ビオレッタがなるほどと頷いていると、ベネディクトは「ただ……」と表情を陰らせる。

「エミディオだけは最後まで納得しませんでした。いつか自分の力で周りを黙らせてみせるから、と……」

「あぁー……言いそうですね」

『目に浮かぶな』

「止めるエミディオを無視して、私は聖地を守る神官となりました。私は逃げたのです。自分の不用意な発言のせいで苦しむエミディオを見続けることから。エミディオに憎まれても仕方がありませんよね」

『エミディオの尊厳やプライドをことごとく破壊しておきながら、責任も取らずに逃げるだなんて……そりゃ怒ふがっ……』

　ビオレッタはネロの口を手でふさいだ。ベネディクトに聞こえないと分かってはいるし、全くもってネロの言うとおりなのだが、なんとなく、言ってはならないような気がしたのだ。

すぐ横に座るベネディクトは、さっきまでの美しい立ち姿から一転、背を丸めて肩を落とし、がっくりとうなだれていた。

哀愁漂うその姿を見て、悪い人ではないのだとビオレッタは思った。悪い人ではないのだが、とにかく間が悪いのだ。本人は最善を尽くしてきたのだが、ただひたすら間が悪くバカ正直すぎるために、全て裏目に出ていた。

ビオレッタは、残念なものを見る目で、懺悔するベネディクトを見守った。


「お帰りなさいませ、巫女様」

聖地から城へ戻ってくると、渡り廊下の扉の前で、レアンドロが待っていた。ベネディクトはレアンドロと軽く会話を交わしたあと、自分の部屋へと戻ってしまった。

「お疲れ様でした。聖地はいかがでしたか?」

「精霊天国でした」

ビオレッタの答えにレアンドロは数回瞬きを繰り返したあと、「そうですか」と、どこか嬉しそうに笑った。

「ここへ向かうときは、まるで死地へ赴くかのような悲壮感溢れる表情でしたので心配しておりましたが……笑顔で戻ってこられてよかったです」

「その節は、ご心配をおかけしました」

勘違いをしていたことを思い出し、ビオレッタは赤くなった顔を隠すためにも深々と頭を下げた。レアンドロは「お気になさらないでください」とビオレッタの顔を上げさせると、彼女を部屋まで案内し始める。

先導するレアンドロの背中を見つめながら、ビオレッタはレアンドロの言葉を思い出す。彼の言う、『忘れられたら心が軽くなること』とは、あの精霊云々（うんぬん）のことなのだろう。エミディオと同世代であるレアンドロさえも知っているとは、それだけその話が有名ということであり、すなわちエミディオの苦労がうかがい知れた。

ビオレッタの視線を感じたのか、振り返ったレアンドロは苦々しい笑みをこぼした。

「その様子ですと、ベネディクト様からいろいろと伺ったみたいですね」

「はぁ……いろいろと聞いてしまいました。レアンドロさんは、どれだけ知っているんですか？」

「私が知っていることですか？　そうですねぇ。ベネディクト様が幼さゆえに軽はずみなことを言ってしまったせいでエミディオ殿下が苦労し、責任を感じたベネディクト様が聖地にひきこもってしまった——ということぐらいでしょうか」

「……全部知っているんですね」

「そうでもないですよ。エミディオ殿下やベネディクト様の心中は、私ごときには量れませんから」

ベネディクトはたぶんなにも考えていませんよ、とは、言わないでおいた。

「巫女様はご存じですか？　エミディオ殿下はいまだ王太子の称号を得ていません」

「それって……もしかしなくてもベネディクト様が原因ですか？」

ビオレッタが顔をしかめて問いかけると、レアンドロはことさらゆっくりと首を縦に振った。

「ベネディクト様が聖地を守る神官となっても、ベネディクト様を次期国王にと望む声は収まりませんでした。まだまだ十にも満たないエミディオ殿下と成人したベネディクト様を比べて騒ぐなどと、愚かにもほどがあると思うのですがね」

そこは比べちゃだめだろうとビオレッタも思い、何度も頷いてみせた。

「実際、エミディオ殿下が成長するにつれ、貴族達は手のひらを返したようにエミディオ殿下を王太子に、と言い出したのです。恥知らずとはこのことでしょうね。まぁ、そういう方々は総じて口ぐらいしかまともに使えるものがないのですけど」

役立たずがいまさら媚びを売ったところで意味がないぞ——という言葉がビオレッタの脳内で再生される。おかしい、二重音声はエミディオだけの特技だったはず。そんな考えが頭をよぎったが、ビオレッタはもうあえて無視することにした。これ以上腹黒はいらない。

「ただ、あのお二人が和解できたなら、とは思いますね。やはり、血のつながった叔父と甥ですから」

どこか諦観（ていかん）した表情で言い、レアンドロはまた前へ向き直ってしまった。

「和解、ねぇ……」

ビオレッタは口元だけでつぶやき、それきり口を閉ざす。

そんな彼女を、肩に乗るネロがじっと見つめていた。


その日の夜、ビオレッタは侍女（じじょ）達によって就寝の準備を整えてもらったあと、ベッドへ潜り込んだ。

湯浴みをして香油を塗ってさらにマッサージまで行う、一日のシメともいえるこの一連の作業は、城での生活に疲弊（ひへい）するビオレッタの精神力をがりがりと削り、終わるなり気絶するように眠りにつくという、ある意味快眠を誘う習慣である。さらにここ最近は、婚約式へ向けて侍女達の気合いが入り、ひとつひとつの行程にかける時間が延びてビオレッタの体力を根こそぎ奪っていた。

にもかかわらず、ビオレッタはベッドに入ってからも眠ることが出来ない。寝返りを繰り返していると、ビオレッタの額にネロの猫足がぺしんとのっかった。

『眠れないのか』

「……うーん。なんか、いろいろ気になっちゃって」

『王子とベネディクトのことか。ベネディクトの自業自得だと思うがな』

「そうなんだけどー……。ベネディクトさんに悪気がなかっただけに、ちょっと不憫で」

十歳の子供の無邪気な一言だったのだ。それは分かる。だが、やはり間が悪い。そういう星の下に生まれたとしか言いようがないベネディクトを思い、ビオレッタは遠くを見やった。

『そんなに気になるなら、お前が二人の間を取り持ったらどうだ』

「それは無理だな」

『即答かよ！』

「だってそうじゃん。私ひとりが動いてなんとかなるなら、こんなにこじれてないよ」

『確かにそうだが……きっかけくらいにはなれるんじゃないか？』

「きっかけねぇ……」

ビオレッタは眉間にしわを寄せて天蓋をにらむ。その表情は「無理だろ」という彼女の心情を如実に表していた。

「まぁ、一応頭の片隅においておくよ」

そうおざなりに言い、ビオレッタはネロに背を向けて布団を頭まで被った。ネロはじとりとその背を見つめていたが、やがて諦めたように嘆息し、ビオレッタの後頭部にもたれるように横になる。

ひとりと一匹はそれほど間も置かずに眠りにつき、夜は静かに更けていくのだった。

晴れて聖地へ入る許可をいただいたビオレッタは、忙しい日々の中で何とか時間を作り、一日一度は聖地を訪れるようになった。エミディオの精霊たちと交流できなくなったときはこの世の終わりのように感じたが、聖地の精霊達と好きなだけ触れあえるようになり、いまやビオレッタは気力に満ちあふれている。エミディオとの二人きりのお茶会も、怖じ気づくことなく堂々としていられるようになった。

出されたお茶を口に含み、鼻を通り抜けていく爽やかな果実の香りを堪能するビオレッタを見て、一緒にカップを傾けるエミディオは優しい笑みをこぼした。

「最近のあなたは、ご機嫌ですね」

「分かりますか？　毎日聖地の精霊達と遊んでいるからでしょうか」

ぴくり、と、カップを持つエミディオの手が震えた。

「あなたは本当に、精霊が大好きなんですね」

「はい、それはもう。最近は、ベネディクト様と精霊が交流するお手伝いをしているんです」

「……叔父と、一緒なんですか？」

「最初は私ひとりだったんですけど、せっかく精霊が見えることですし、一緒に精霊と交流しませんかって誘ったんです」

さすがエミディオの叔父と言うべきか、ベネディクトも精霊に好かれている。ベネディクト自身も精霊を敬愛しているので、ビオレッタが間に入ってほほえましい交流が行われていた。

「やはり、精霊が見えるというのは、あなたにとって好ましいことですか」

「そうですねぇ。同じものが見えるというのは、やっぱり嬉しいです」

はにかむように笑ってビオレッタが答えると、エミディオはカップを持つ手に力を込めた。

「……でしたら、今回の婚約の話、私ではなく、叔父を相手に進めましょうか？」

「………………は？」

「今回の婚約話は、あなたが王籍に入ることに意味があるのです。ですから、その相手は私でなくても構わない」

ビオレッタはカップを持ち上げたまま、目を大きく見開いてただただエミディオを見つめている。なにも答えないビオレッタを見て、エミディオはカップをソーサーに戻し、口元に弧を描く。

「たまたま、一番年齢が近い王族の男が私だったというだけだ」

そう言い放ったエミディオは、どこか挑発的で皮肉っぽく、拒むような笑みを浮かべていた。

静かに聞いていたビオレッタはおもむろに立ち上がる。

そして、エミディオのゆがんだ笑顔に、カップのお茶をぶちまけた。

お茶を頭からひっかぶったエミディオはすぐさま袖口で目元をぬぐったものの、驚きのあまり言葉を失う。扉の近くで二人の様子を見ていたレアンドロも唖然としたまま動けないでいる。侍女や執事といった、この部屋に居合わせた人々全員が、声も出せずにビオレッタを見つめていた。

「……ふざけないでください」

ビオレッタは震える声でつぶやき、エミディオを見下ろす瞳に涙をためた。

「そんな簡単に、相手を変えられるなら。私を、手放すことに、なんの躊躇もないのなら。……最初から、手を伸ばしたりなんてしないでください！」

ぼろぼろと涙をこぼしながらビオレッタは叫び、エミディオにカップを投げつける。飛んできたカップをエミディオが腕で振り払っている間に、ビオレッタは執務室から飛び出した。

「ビオレッタ！」

エミディオがビオレッタを呼び止めたが、廊下を走る彼女はその声に振り返りすらしなかった。

ビオレッタを追いかけることも出来ず、遠ざかっていく背中を呆然と見送ったエミディオは、弱々しい足取りで部屋へと戻り、執務机に腰掛けた。侍女達に被ったお茶をぬぐってもらうだけで着替えることもせず、机に両肘をついて組んだ両手の上に額をのせると、深いため息をこぼした。しばらくそのままでいると、ノックの音が部屋に響いた。

やっと顔を上げたエミディオは、扉の向こうの人物へ入室許可を与える。「失礼します」と一言断って入ってきたのは、いち早くビオレッタを追いかけていったレアンドロだった。

「巫女様は聖地へ入られました」

「そうか、分かった」

予想していたことなので、エミディオは特段驚きもしなかった。ただ、心の奥がひどく冷える気がした。

執務机に腰掛けたまま動こうとしないエミディオを見て、レアンドロは口を開いた。

「……いいのですか？　聖地には、ベネディクト様がおられます」

「だからなんだというのだ。叔父に限って、いくらビオレッタが相手だとしても間違いを起こすことはない」

ベネディクトの生真面目(きまじめ)な性格はエミディオもよく分かっている。裏表のない優しい性格ゆえに、まれに厄介(やっかい)なことを引き起こしてしまうことも。

そこまで考えて、ふと気づく。ベネディクトのあの王族らしからぬ素直さは、もしや精霊と少なからず交流を持っているからだろうか。精霊と密に意思疎通(そつう)をするビオレッタも、考えていることがだいたい顔に出ているし、感情を隠すことなく全身で表してしまう。人の悪意や強い感情をなんの防御策もなくむき出しの心で受け取ってしまい、結果傷ついてひきこもってしまう所までそっくりだ。

「エミディオ殿下、僭越ながら申し上げます。殿下のおっしゃるとおり、ベネディクト様の性格であれば、巫女様になにもされないでしょう。ですが、心の内は分かりません」

「叔父がビオレッタに惹かれると？　……そうだったとしても、彼女は私の婚約者だ。分をわきまえるだろう」

エミディオの答えを聞いて、レアンドロはこれ見よがしに嘆息してかぶりを振った。

「殿下、ひとつ、あなたは見落とされておられます」

目を丸くして固まるエミディオへ、レアンドロは「いいですか」と前置きをしてから語り出す。

「なんだ？」

「巫女様が、ベネディクト様に惹かれる、という場合もございます」

「人間とは、弱っているときに傍にいてくれる相手を特別に感じるものなのです。考えてみてください。なぜ、巫女様があそこまで精霊を愛するのか。それは、あのお方の心が傷つき、倒れ、起き上がれないときに、闇の精霊がずっと傍にいたからでしょう。つまり――」

「弱っているビオレッタの心に、叔父が入り込むかもしれない」

レアンドロの言わんとしていたことを口にしたエミディオへ、レアンドロは「さようです」

と、いい笑顔とともに頷いた。

エミディオは机を叩くように両手をつき、椅子を倒す勢いで立ち上がる。

「このあとの予定は全て明日に回せ。私はいまから、ビオレッタを迎えに行く」

側近達は突然のことに口をぽかんと開けたまま返事もしない。最初から返答を求めていなかったエミディオは、そんな彼らを無視してさっさと執務室を出る。

扉をくぐるとき、レアンドロが「行ってらっしゃいませ」とどこか弾んだ声で言ったのを聞き、エミディオは自分がはめられたのだと気づいたものの、もう、動き出した足を止めることなど出来なかった。


なんの前触れもなくやって来たエミディオを見て、渡り廊下の扉を護る騎士達は驚きを隠せないでいた。エミディオは王族なのだから、聖地へは自由に出入りできる。にもかかわらず彼らがこんなに動揺するのは、エミディオが何かしらの儀式以外でこの場所を訪れることがなかったからだ。

騎士達のある意味当然ともいえる反応は、どれだけベネディクトを避けてきたかをエミディオに遺憾なく伝え、苦々しい心地に陥った。

「どけ!」

こみ上げる暗い感情を払うように声を張り、エミディオは騎士達を押しのけて扉をくぐる。

まだまだ空は明るく、天井から射す光で渡り廊下は十分な明るさを保っている。等間隔を開けて立つ光の柱の向こう、聖地に続く扉の前に、ベネディクトが立っていた。

「やぁ、来たね、エミディオ」

そう言って、ベネディクトは微笑む。その陽だまりのような柔らかな笑みが、昔と全く変わらなくて、エミディオの胸がぎゅっと締まった。

「まさか本当にここにやってくるとは思わなかったよ。それだけ彼女が大切なんだね」

「ビオレッタは、この先ですか？」

「そう。泣き濡れた巫女様が聖地へ入っていったと報告を受けて、心配して私も聖地へ入ったんだが、彼女は精霊に埋もれて泣くだけで、私と話すどころか、伏せた顔を見せようともしない。ここは精霊に任せるべきと判断して外へ出てみれば、すぐにエミディオが迎えに来るから心配ないとレアンドロに言われてね。待っていたというわけだよ」

エミディオはレアンドロへの報復を誓いつつ、ビオレッタがベネディクトを頼らなかった事実に、密かに安堵した。

ベネディクトは心を落ち着けるようにふっと息をつくと、エミディオをひたと見つめた。

「エミディオ、君と話がしたいんだ」

「その前に、ビオレッタに会わせてください。いまは彼女と話す方が先だ」

取り付く島もなくエミディオが即答すると、ベネディクトはそれもそうかと頷いて、背後の扉を開いてビオレッタの元まで案内し始めた。

　聖地の中でも、神が降り立った地とされる祭壇に、ビオレッタはいた。

　大理石を敷き詰めて作った円形の祭壇は、同じ素材の柱が四本、祭壇を囲うように立っている以外装飾も台もなく、屋根のない東屋にも見える。

　ビオレッタがうずくまるのは祭壇の中央、まさに神の足がついたであろう場所だった。背を丸め、手と足もきゅっと縮めた、まるで生まれる前の赤子のような格好でビオレッタは眠っている。そんなビオレッタの周りでは、彼女を包むように薄い闇が広がり、星のように瞬く光が闇を淡く照らしていた。きっとビオレッタが安心して眠れるようにと、精霊達が起こした奇跡なのだろう。

　きっと、ビオレッタが自分の部屋にひきこもっていたときも、精霊達はこうやってビオレッタを護り、癒してきたのだろう。精霊達の深い深い愛情を感じて、エミディオの心がひどく乱れる。

　エミディオの心を占めるのは、嫉妬と、羨望。

　ビオレッタの心を独り占めする精霊を妬み、しかし、これだけの愛情を自分が彼女に示すことは出来ないだろうと諦観し、そして、これほどまでに強い絆を持つ彼らをうらやましく思う。

　昔から変わらない、矮小な自分に嫌気がさす。けれどそんな自分を受け入れられずにうじうじ悩むほど、エミディオは子供ではないのだ。

「私は、叔父上を少なからず憎んでいました。後先も考えず、余計なことを口走ったせいで、私はいらぬ苦労をさせられる、と」

エミディオはビオレッタを見つめたまま、独白のように語る。背後で、ベネディクトが息をのむ気配が伝わった。

「エミディオ、あのときのことは――」

「謝らないでください。あなたは嘘をついていない。ビオレッタと出会って、それがやっと分かりました」

エミディオはベネディクトを振り返り、からりとした笑みを浮かべる。

「私にとって、あなたは目の上のたんこぶだったんですよ。私がどれだけ結果を残しても、常にあなたと比べられ、まだまだだと言われる。いつかあなたを超えてやると躍起になっていたというのに、あなたはさっさと聖地にひきこもってしまった」

エミディオがそんなふうに考えていただなんて、思いもしなかったのだろう。ベネディクトは目を瞬かせたあと、おどおどと視線を落としてしまった。

頼りないその姿を見て、エミディオは思う。聖人君子のような人だと思っていた叔父も、結局は、生身の人間だったのだ。不器用で、臆病で、思い込みから相手を誤解することもある。

「私はもう、あなたを超えることも、負かすことも出来ません。まさに勝ち逃げですね。でも、それでいいんです。もう、こだわるのはやめました」

　理想ばかりを追いかけて、いまの自分を否定するのはもうやめよう。

　誰にも隙を見せまいと肩肘張って生きるエミディオを、彼女は初めて会ったときから見抜いてしまったから。

「私はもう、一人ではありません。一緒に生きてくれる人が現れたから、私は私のままで、前に進もうと思います」

　エミディオは祭壇へと向き直る。

「精霊達よ、どうか、ビオレッタの傍に行かせてくれないか」

　決意のこもった声が、染み入るように広がる。それに応えるように光の粒がふわりと動き、ビオレッタへと続く道を開けた。

　エミディオは一言お礼を言ってからビオレッタへと近づく。眠る彼女を起こさないよう、慎重に近づいて顔を見てみれば、泣き疲れて眠ったのか、涙の残る目元が赤く腫れて痛々しい。

　エミディオは手を伸ばし、指先で彼女の涙をぬぐった。

「彼女の存在は、君に良い変化をもたらしたみたいだね、エミディオ」

「……まぁ、そうですね。彼女にはなぜか、そのままの私が見えてしまうようで、なんというか、気が抜けてしまいました。案外楽しいものですよ。そのままの自分をさらけ出す、というのも」

そう言ってエミディオが振り返ると、ベネディクトは嬉しくて仕方がないといった表情をしていた。

「彼女は、我々王族だけでなく、君にとっても運命の人だったんだね」

「運命？　それはいったい――」

「その話はまたあとで。巫女様が目を覚ましたら、話してあげよう。私は部屋に戻っているから、ちゃんと二人で話し合うんだよ」

ベネディクトはエミディオの問いを打ち消すように言い、そのままきびすを返して聖地から出て行ってしまった。

取り残されたエミディオは、いったい何の話なのか気になったものの、あとで分かることをいま考えても無駄だと思い、ビオレッタの髪をなでた。

ビオレッタの目が覚めたら、今度こそ自分の思いを伝えよう。何度となく伝えてきたつもりだが、どうやらどれもうまくいっていないらしい。どう伝えれば正しく届くのか、考えを巡らせながら、エミディオは柔らかな笑みを浮かべる。

願わくば、彼女が受け入れてくれますように。

「まぁ、どちらにせよ逃がしませんけどね」

ぼそりとつぶやいた言葉は、幸せなことに、眠るビオレッタに届くことはなかった。

『ビオレッタ』

まどろみの世界に沈んでいたビオレッタの意識を、誰かの声が呼び起こす。誰の声だろうと考えて、すぐに思い至る。この声は、ネロの声だ。

初めて会ったあのときから、ネロはずっと一緒にいてくれる。恐怖にこわばってなにも出来なくなったビオレッタを前にして、とくに諭すことも慰めることもせず、ただ、傍にいてくれた。話しかければ答え、ベッドで横になれば腹の上に乗り、窓から外の世界を覗けば、肩に乗って同じものを見つめてくれる。

怖いものが向かってくれば闇で覆い隠してくれるし、傷ついてうずくまれば静かに寄り添ってくれる。

ネロはビオレッタの味方だから。なにがあっても、絶対に味方してくれる存在だから。

だから、ねぇ。もうここにいたくないの。一緒に逃げてくれるでしょう？

『それは無理だな』

どうして？　どうしてそんなことを言うの？

もう、一緒にいられないの？

『そんなことはないさ。俺はずっとお前と一緒だ。でも、お前の傍にいるのは俺だけじゃないだろう？　一緒に生きていたいと想う相手が、いるだろう？』

一緒に、生きていたいと想う、人？

『さぁ、もう夢から覚める時間だ。大丈夫だよ、ビオレッタ。世界はきっと、幸福で溢れているから』

ビオレッタの意識がまどろみから浮上していく。身体の感覚がじわじわと蘇っていく。

『だからどうか、素直になって』


「おはようございます、ビオレッタ。私が分かりますか？」

夢から覚めたビオレッタが見たのは、鉄格子の向こうから注ぐ太陽の恵みを柔らかく遮る薄闇の中、ぽつぽつと浮かぶ小さな光に照らされるエミディオだった。ビオレッタのすぐ横に腰掛け、彼女の短くなった髪を長い指ですく彼は、光の精霊をつれてないのに、どういうわけか光り輝いて見えた。

きっと光の精霊など関係ないのだ。ビオレッタにとって、エミディオは光そのもの。闇に沈むビオレッタを照らし出す、目がくらむほどまぶしい存在。

「王子様は、私と結婚したくありませんか？　だから、ベネディクト様と結婚していいなんておっしゃったんですか？」

「ビオレッタ、そのことですが――」

「いやです。私は、ベネディクト様と結婚しません。私は王族じゃないから、打算で結婚なんて出来ないんです。結婚は、一緒に生きていきたいと思える相手としたい。そしてそれは、相手も同じであってほしい」

エミディオが言葉を失って見入る。ビオレッタは起き上がり、彼をじっと見つめた。

「王子様にとって、私はただの駒（こま）のひとつですか？　他の誰かが成り代わっても構わない、誰でもいい存在ですか？」

「ビオレッタ……」

「エミディオ様は、私と生きていきたいと思ってくれないんですか？　私と――」

ビオレッタの言葉はそこで途切れた。ビオレッタの唇に、エミディオの唇が重ねられたからだ。エミディオの心を表したような情熱的な口づけは、驚きこわばるビオレッタから力を根こそぎ奪ってしまった。

ビオレッタの唇をやっと解放したエミディオは、少しも離したくないとばかりに彼女をぎゅっと抱きしめた。

「誤解ばかりさせて、申し訳ありません。あなたが精霊ばかり見るから、ムキになってしまったのです。ふがいないですね」

「王子、様？」

「エミディオと呼んでください。あなたに名前を呼ばれると、私の胸は喜びで溢（あふ）れるのですよ」

口説（くど）くような言葉に、ビオレッタはただでさえ赤い顔をさらに真っかっかに染めた。震える声で「エミディオ様……」と何とか口にすると、エミディオは「ふふふ」と笑いながら腕にさらなる力を込めた。

「ビオレッタ、私はあなたと一緒に生きていきたい。あなたが必要なんです。そのままの私を見つめ、受け入れてくれたあなたが」

エミディオは腕の力を緩め、ビオレッタの顔をのぞき込む。

「ビオレッタ、あなたが好きです」

彼の言葉はビオレッタの心にしみこみ、すとんと着地する。

「私も、エミディオ様が好きです」

やっと分かった。エミディオがきらきら光って見えたのも、彼の言葉にいちいち一喜一憂したのも、精霊がいなくても会いに行ってしまったのも、全部全部、エミディオが好きだからだ。

ビオレッタはすぐ目の前で微笑むエミディオを見て、くすりと笑う。

「ネロの言うとおりでした」

「ネロ？　彼はなんと言ったのですか？」

「素直になってと。そうすれば、幸せになれるって」

「あぁ、確かにその通りですね。最初から素直な言葉で伝えればよかった」

ビオレッタとエミディオは額を合わせ、クスクスと笑い合う。そうしてどちらからともなく顔を近づけ、また、口づけを交わした。

ビオレッタとエミディオがベネディクトの部屋を訪れると、寄り添う二人を見たベネディクトは満足げに頷いた。

「どうやら仲直りしたみたいだね。安心したよ」

「ごご、ご迷惑をおかけして……その、あの、すすすみ、すみませんでしたっ……」

大泣きしながら聖地に駆け込んだかと思えば、追いかけてきたエミディオと仲良く出てくるだなんて、誰が見てもくだらない痴話げんかである。ビオレッタは迷惑をかけたことを謝ろうとするも、あまりのいたたまれなさに最後はエミディオの背中に隠れた。

「初々しいねぇ。巫女様は、精霊のように素直で、本当に可愛らしい」

「ふふふ、あげませんよ？」

エミディオはにこやかに微笑みながら答えながらも、その背後には濃い影がぶわりと広がった。部屋を漂っていた闇の精霊がその影に吸い寄せられるように集まり、それを見たビオレッタがエミディオの背中にへばりつく。闇の精霊がひしめき合うほど密集する背中にビオレッタは頬をすりつけ、だらしなくにやけながら「むふ、ふふふ……」と不気味な笑い声を漏らした。

千年の恋も冷めそうなビオレッタの振る舞いに、さすがのベネディクトでも戸惑いを隠せない様子だったが、当の被害者であるエミディオはいやがるどころが満足げに笑っている。

「……なんだか楽しそうだね、エミディオ」

「ええ。理由がどうあれ、ビオレッタが私から離れられなくなるのであれば、全て利用します」

堂々と言い切ったエミディオの物騒な言葉は、幸か不幸か、精霊に夢中なビオレッタの耳には届かなかった。

エミディオと和解したあと、彼は精霊に下していた命令を破棄した。つまり、ビオレッタと一緒にいるときも精霊達は自由にエミディオの傍を漂えるようになったのだ。歓喜したビオレッタがしばらく彼の背中から離れなかったことは言うまでもない。

ある意味とてもうまくいっている二人を前に、ベネディクトは両手で顔を覆い、背を丸める。

「あぁ……、可愛い甥っ子がたくましくなったと喜べばいいのか、腹黒くなったと嘆けばいいのか……」

迷うベネディクトのつま先にネロが前足を置き、『ここは素直に嘆いていいんじゃないかな』と慰めたのだった。


ベネディクトはビオレッタ達をソファに座らせると、自らお茶を淹れ始めた。慌ててビオレッタが代わろうとするが、彼はほんわかとした笑顔できっぱりと断ってしまった。

「聖地を守る神官は、王家の歴史に関する重要な文献も管理しているため、基本的に執事や侍女を部屋に置くことは出来ないのです。ですから、自分のことは自分でこなさなければなりません」

ビオレッタはベネディクトの部屋を見渡す。ベネディクトは廊下に沿っていくつも連続して部屋を持っており、どの部屋へいくにもまずは居間であるこの部屋を通らなければならない。寝室や保管庫は、いくつかある扉のどれかがつながっているのだろう。

お茶の用意を終えたベネディクトは、ビオレッタ達と向かいのソファに座り、お茶を一口含む。ほっと息を吐いてカップをソーサーに戻すと、彼は凛とした神官の顔でエミディオを見据え、言った。

「聖地を守る神官として、エミディオ・ディ・アレサンドリを王太子と認めます」

突然の宣告に、エミディオもビオレッタもカップに口をつけた格好のまま固まる。そんな二人を見て、ベネディクトはいたずらが成功した子供のような笑みを浮かべた。

「叔父上……いまのは、本気ですか？」

やっと驚きから抜け出したエミディオが何とか問いかけると、ベネディクトは「冗談なわけがないでしょう」とすぐさま返した。

「エミディオを王太子に、という話は私が神官になったときから決まっていたことなんだ。ただ、エミディオは私のせいで他人に自らの弱みを一切見せられなくなっていたからね。それを克服するまで、待っていたんだよ。あと、王太子の称号の授与は聖地を守る神官の役目だ。君が私に会いに来てくれなければ、そもそもが無理だった」

「つまりは、ビオレッタと出会わなければ、私は王太子になれなかった、ということですね。叔父上が言っていた運命の人、とは、このことですか？」

　運命の人——初めて聞く話に、当事者であるビオレッタは首をかしげるしかない。

　ベネディクトはそんなビオレッタをちらりと見てから、改めてエミディオを見やる。

「王太子となった君に、聖地を守る神官として、聖地の本当の意味を教えようと思う」

「聖地の、本当の意味？」

「……そう。これは、聖地を守る神官と、王のみが知ること」

「神官と、王のみですか？　そんな重大なことを、王太子である私が知ってもいいのですか？」

　エミディオは警戒をにじませた眼差しでベネディクトを見る。エミディオの視線を真っ向から受け止めたベネディクトは、気合いを入れるように鋭く息を吐き、言った。

「王太子である君になぜ話すのか——それはね、君がルビーニ家の者と、つまりはビオレッタ様と婚姻を結ぶからだよ」

「……へ？　私ですか？」

　話の中心に持ってこられたビオレッタは、間抜けな声を漏らす。ベネディクトがビオレッタへ視線を移して「そうです」と答えると、エミディオも彼女を振り返った。

二人に見つめられたビオレッタは、思わず膝の上でくつろいでいたネロを抱き上げて顔を隠した。

「先ほど、言っていましたね。王家にとってもビオレッタは運命の人だと」

「そうだよ。我々アレサンドリ王家は、精霊に償わなければならない。そしてそのために、ルビーニ家を王籍に戻す必要がある」

「ルビーニ家を、王籍に戻す？　なにを言って……」

思わずネロを落っことしてビオレッタが口を挟むも、ベネディクトの苦悩に満ちた顔を見て、最後まで声が続かなかった。

「ルビーニ家は、元々アレサンドリ王家から分かれた家系です。全ては、我々アレサンドリ王家が精霊の存在を隠匿したことから始まりました」

ベネディクトは断罪を待つ咎人のような表情でビオレッタを見据え、王家の罪を語り始めた。

「アレサンドリ王家は神の子孫などではありません。精霊と心を通わせる、ただの人間だったのです」

アレサンドリ王家の始まりは、精霊と心を通わせる一族だった。エミディオ達の先祖に当たる彼らは精霊の力を借りてささやかな奇跡をいくつも起こし、彼らの力を頼って人々が集まってやがて国へと成長したという。

王家となった一族は、生まれたばかりのこの国が壊れないよう、人々の心を強く引きつけておくため、自分達を神格化することにした。どこの国でも民心をえるために似たようなことを行っているが、アレサンドリ王家は、精霊の存在を隠して全ての奇跡は王家が神の子孫であるからと公表した。

「いままで何度となく精霊の力を借りておきながら、その存在を否定した王家に失望した者達が一族を離れ、精霊達とひっそりと生きていくことを選びました。それこそが、ルビーニ家の始まりです」

ルビーニ家の始祖達が別離する際、王家の今後を憂いた彼らはひとつ約束した。

自分達は闇の精霊と生きていく。だから、王家は光の精霊と生きてくれ、と。

そうして魔術師となった彼らは闇の精霊とともに生き、王家との約束通り光の精霊の存在を後世に伝えず、光の精霊は忘れ去られた。

「聖地は、我々王家が光の精霊の存在を忘れないための場所なのです」

たとえ彼らの存在を公に出来なくとも、王と聖地を守る神官のみしかその事実を知らなくとも、王家は光の精霊を決して忘れず、共に生きていく。誓いと決意の場所だった。

「時が経つにつれ、精霊と生きるルビーニ家と違い、我々王家は精霊を見る者が生まれなくなりました。歴代の王や神官達は、自分達が精霊を否定したから、彼らが離れて行ってしまったのだろうと考えていました。そんなときに生まれたのが、私とエミディオです」

精霊を見ることが出来るベネディクトと、精霊に愛されるエミディオ。

「そして、光の巫女に、ルビーニ家の姫君が選ばれました。いまこそ、分かたれた一族をひとつに戻すとき。そう、我々は判断したのです」

ベネディクトはおもむろに立ち上がると、ビオレッタのすぐ目の前まで歩み、跪いて頭を垂れた。

「べ、ベネディクト様っ……」

「ルビーニ家の姫君、あなたに感謝と謝罪を。精霊を捨てた我ら一族の元へ戻ってきていただき、誠に感謝しております。聖地の精霊達は、あなた方ルビーニ家の人々に会える日を、ずっと待ち続けていたのです。我らの罪を償うために、あなたを利用することを、どうかお許しください」

聖地の秘密だけでも驚きなのに、頭まで下げられてしまったビオレッタはどうすればいいのか全く分からなくなった。助けを求めてエミディオを見ても、彼自身、事実を受け止めるだけで精一杯といった様子だった。自分で何とかするしかないと判断したビオレッタは、天井を仰いでひとつため息を落とした後、ソファから降りてベネディクトの手を取る。

「ベネディクト様のおっしゃるとおり、聖地には数え切れないほどたくさんの精霊たちがいました。ですが、城の至る所に精霊はいます。彼らは皆、自由気ままに、望むままそこに存在します」

何かに縛られるでもなく、そこにいたいから存在する。精霊とはなににも縛られない、まさに自由そのものの存在だ。そんな彼らが、城の至る所を幸せそうに漂い、そこに生きる人たちにくっついているのだ。

「それだけ、彼らはこの場所が好きなんです。アレサンドリ王家が、王家を支える人々が、大好きなんです。それこそが、精霊達の答えだと思います」

ベネディクトは顔を上げる。すがるようなその眼差し(まなざし)を受けて、ビオレッタはゆっくり、大きく頷いた。

「精霊達は、あなたたちを恨んでなどいません。どうかもう、苦しまないで。心のままに、精霊達と生きてください」

ベネディクトは目を見開いていき、ビオレッタをひたと見つめるその瞳にみるみる涙をためた。

「ありがとう、ございますっ……」

こぼれる涙を隠すようにうつむいたベネディクトは、ビオレッタの手を握りしめ、震える声でそう言った。

ベネディクトが落ち着くのを待って、ビオレッタとエミディオは部屋を辞した。廊下にはエミディオの護衛とレアンドロが待機しており、エミディオはレアンドロを見るなり目を据わらせ、言った。

「お前には感謝してもしきれない。後日、お礼をさせてもらおう」

訳――後で覚えておけよこの野郎。

レアンドロがいったいなにをしたのか、ビオレッタには皆目見当もつかない。ただ、笑顔のエミディオの背後からもくもくとどす黒い気配がわき上がるのを見て、本能が聞くべきではないと判断した。

ビオレッタがおびえるほどの影を背負うエミディオを前にして、レアンドロは余裕の笑みを浮かべた。

「私が行ったことなど、些細なこと。お二人の誤解が解けたなら何よりです」

訳――私が一肌脱いだおかげで、いい思いが出来たんじゃないですか。

エミディオはぐっと口をへの字にしたかと思えば「まぁ、それもそうですね」と答えて黒い気配を霧散させた。

いったいなにが起こっているのかかけらも理解できないビオレッタではあるが、ただひとつ、言えることがある。

レアンドロは、猛獣使いだ！

『俺の見込んだとおり、レアンドロも良い感じに黒くなってきたな』

「え？　やだ、王子様みたいな人が増えるとか迷惑なんですけど……」

「ビオレッタ？　なにか楽しそうなことを話していますね」

耳ざとく聞きつけたエミディオに、ビオレッタは「何でもございません！」と答えて首を左右に細かく振るのだった。

エミディオが正式に王太子となったことはすぐに公にされ、当然のことながら誰も不満を漏らさなかった。むしろ、長年続いていたエミディオとベネディクトの不和がやっと解消されたのかと安堵する声ばかりだったという。

その夜、エミディオの王太子任命を祝して、ささやかな宴が行われた。正式なものは後日、それはもう盛大に行われる予定だが、そのためには各国要人を招くなど準備に時間を要するため、城につとめる貴族や騎士、使用人達といった、いわゆる身内での祝宴を開いた。

その宴で、ビオレッタは光の巫女に代わって（腰痛療養のため欠席）祝福の光をともした。本来、光の巫女が操る力は、日々光の巫女が光の精霊のために祈った時間を対価に行使されるものであるが、今回は、彼らが愛してやまないエミディオのお祝いということもあり、ビオレッタが頼むべくもなく俄然張り切って動いてくれた。

『おっしゃあ！　お前等、行くぞぉっ！』という、ネロらしからん野太いかけ声の後、大広間の天井にいくつもぶら下がるシャンデリアの光を、頼んでもいないのに闇の精霊達が覆い隠してしまった。ネロの豹変にビオレッタがぽかんとしている間にも、朝焼けの空のようにほの暗い室内で、数人の光の精霊達が手と手を取り合いひとかたまりとなって飛びあがり、『エミディオおめでとー！』と叫びながらシャンデリアのすぐ真下で四方八方にはじけ飛んだ。それはまるで、天井に光の花が咲いたかのようで、『ヒャッハ——！』とか、『おめっとさーん』とか、『まああつううりいいじゃあああ！』といった奇声は聞こえるものの、はじけてしばらくとせずに消える姿は、まさに咲いては散る花そのものだった。

闇の精霊が作る薄闇の中、光の花は何度も何度も花開き、降り注ぐ光の花束を目にした宴の参加者達は、エミディオが神に選ばれた王太子なのだと思い知る。

ただ一人、ビオレッタだけは、知ってはならない精霊の一面を知ってしまったかのような心境になり、げっそりしたのはいうまでもない。

聖地の真実を知ってから数日、継承式と婚約式へ向けてひたすら忙しい日々を送り、気づけば当日がやって来ていた。

地平線から頭上にかけて色を増し、まるで底のない穴のように深く澄んだ青空に、白い帯のような雲が緩やかな曲線を描いて漂っている。太陽の光は真夏のように地面を焼き尽くすこともなく、青葉を鮮やかに染めて地面に緑の影を作った。

爽やかな陽気に包まれたこの日、継承式と婚約式が行われる。

継承式は、ビオレッタが毎日修行をしていた城の神殿で行われた。

王都の教会に比べれば装飾は少ないが、アーチ状の高い天井やそれをささえる太い柱が訪れるものを圧倒し、聖堂最奥の祭壇には光の神とそれを囲む天使の石像が迷い子達を受け止める。背後を埋め尽くすステンドグラスが、純白の石像に華やかな色を落とす様は、まさに天の国だ。

数多の色が輝く祭壇で、ビオレッタは参列者達に見守られながら継承の儀を行う。立会人として聖堂に立つのは国王と神官長、聖地を守る神官であるベネディクトと、王太子となったエミディオだ。

ビオレッタは聖堂の中央で、光の巫女に向かって跪き頭を垂れる。光の巫女は自らが被っていたベールのついた花冠をビオレッタの頭にかぶせた。大ぶりの花がいくつも連なる花冠は、純白の衣装も相まってビオレッタを花嫁のように初々しく飾った。

前・光の巫女となった女性に手を取られ、ビオレッタは立ち上がるよう促される。おばあさん、というには少々若い、おばさん、というには小さく感じるこの女性は、聖母のような笑みを浮かべながらビオレッタを立ち上がらせたところで、ぴしり、と表情を引きつらせた。

目を限界まで開き、みるみる顔色が失せていく。ビオレッタの手を取った姿勢のまま、微動だにしない様を見て、ビオレッタは悟る。

『腰、やっちまったな』

猫の姿では傍にいられないため本来の姿に戻っていたネロが、ビオレッタの心情を声に出す。

ネロの言葉が伝わったのか、それとも、凍りついたかのように動かなくなった前・光の巫女を見て状況を理解したのか、護衛達が音もなく集まり、数人掛かりで彼女を抱き上げ、聖堂を後にする。ビオレッタの手を握ったときの姿勢を維持したまま、慎重、かつ迅速に運ばれていく様子から、彼らが手慣れていることをひしひしと感じ、ビオレッタは涙を禁じ得なかった。

前・光の巫女の自主強制退場というハプニングは起こったものの、立会人達はビオレッタが光の巫女の位を継承したと認め、継承式はつつがなく……閉式となった。


継承式が終われば、次に待つのは婚約式である。城の神殿でしめやかに行われた継承式とは打って変わり、婚約式は城の正門の前で行われる。陽寂の日にビオレッタが奇跡を起こした、あの階段だ。正門の向こうに国民達が、城の前には貴族達が集まり、その全員に見守られながらビオレッタはエミディオとの結婚を約束しなければならない。

「うあああぁぁっ、恥ずかしい、恥ずかしすぎる！」

控えの間にて出番を待つビオレッタは、赤くなった顔を両手で隠してもだえた。

「なにを恥ずかしがる必要があるのですか？　我々が恋人同士であると皆に知らしめるだけですよ」

一緒に待機していたエミディオの言葉を受け、ビオレッタは羞恥のあまり「こ、恋っ……」と言葉を詰まらせてしまった。

「お互いの想いを確かめ合ったと思うのですが、私の勘違いでしたか？」

エミディオが寂しそうに視線を落としてしまい、ビオレッタは慌てて「勘違いじゃないです！」と答えた。それを聞いたエミディオは顔を上げ、はにかむように笑う。普段と違う純粋な笑顔を見て、ビオレッタは心臓が壊れそうなほど強く打った。

現在、城の正門前では婚約式が行われており、二人は城内に設えられた控えの間にて待機している。この後、二人並んで城から出て前庭を進み、大勢が見つめる中で婚約する。二人とも婚約式用の衣装に着替えているが、光の巫女の花冠だけはそのまま被っていた。

「花冠も衣装も、どちらもとてもよく似合っていますよ、ビオレッタ。ベールを被るあなたは、まさに花嫁ですね」

「エミディオ様……」

『おいこらそこのバカップル。べたべたするのはいいけど、ビオレッタは王子に相談したいことがあったんじゃないのか』

猫の姿に戻ったネロが、自分達の世界に浸る二人をたしなめる。我に返ったビオレッタは、腰に手を回して寄り添っていたエミディオを突き飛ばし、部屋の隅へ逃げた。拒絶されたエミディオは、もてあました腕を組んで足下のネロをにらむ。

「邪魔をしないでもらえるかな。素直になれと言ったのはネロでしょう」

『素直になれと言ったが、大人なんだから場所と時間をわきまえろ』

「婚約式が終われば、もう邪魔しませんね？」

『好きにしろ。俺は馬に蹴られて死にたくない』

どうしてだろう。エミディオにネロの声は聞こえないはずなのに、一人と一匹の間には確かに会話が成り立っている。

「王子様……とうとうネロの言葉が分かるように？」

「そんなわけないでしょう。なんとなく、そう言っている気がするんですよ。その様子だと、当たっているようですね」

エミディオが勝ち誇るように笑うと、ネロも同じように微笑んで尻尾を大きく振り回した。

にこやかな空気のはずなのにビオレッタの背筋がぞわぞわする。この空気に耐えられなくなったビオレッタは、ネロの言うとおりかねてから考えていたことを話すことにした。

「あの、王子様。ちょっと相談したいことがありまして」

「なんですか？　今更婚約したくないなどと言い出しませんよね」

「言いませんよ！　そんな非常識なこと言いません！」

「いままで、何度となく肩すかしを食らっている身としては、そういうことを言い出しかねないと思いまして」

「そんな誤解させるようなことしてませんよ。ね、ネロ」

『鈍感って、恐ろしい……』

「え、なにそれどういう意味？」

予想外の反応にうろたえたビオレッタが問い詰めるも、ネロはエミディオと視線を合わせ、ため息とともに頭を振るだけでそれ以上はなにも教えてくれなかった。

「……と、とにかく、いまは相談事です！　実はですね、王家の秘密についてお話を伺ったとき、思ったんです。ベネディクト様は、精霊の存在を公にすることを望んでいるのでは、と」

「その意見には私も同意します。叔父上は精霊を見ることが出来るだけに、精霊への罪の意識が誰よりも強い。本当の意味で償うには、精霊の存在を公表するしかないでしょうね」

「あの優しい方を、これ以上苦しめたくないんです。それは、精霊たちも同じ気持ちだと思います。以前、王子様は私に言いましたよね、人々に精霊の存在を認めさせろと。私にそれが出来るなら、やりたい。でも、いったい何から手をつければいいのか、全然分からないんです」

村から戻ってからもずっと考えていたこと。けれどどれだけ考えても分からない。

「自信がないんです。私はいままで、逃げてばかりだったから」

精霊の存在を認めさせる。そんな大それたことを、本当に自分なんかに出来るのだろうか。

「あなたの言うとおり、あなたひとりの力では出来ることは限られてくるでしょう。ですがビオレッタ、何か重大なことを忘れていませんか？」

「重大なこと?」

なんのことを言っているのか分からず、ビオレッタが目を瞬かせると、エミディオは自らの胸に手を置いて、言った。

「あなたはひとりではありません。私がいます。私を利用すればいいんですよ」

「王子様を、利用する……」

不穏な話の流れにビオレッタが不安げな表情を浮かべると、エミディオは「変な勘違いをしないでください」とすぐさまたしなめた。

「私は王太子です。そしてあなたはまもなく王太子妃となる。そしてゆくゆくは王妃だ。光の巫女という立場と王妃という立場があれば、出来ないことはないでしょう。まぁ、時間はかかるでしょうが、一生をかけて取り組めば、不可能ではありません」

「一生を、かけて……。じゃあ、最短任期を目指している場合ではありませんね」

いつか掲げた目標を思い出し、ビオレッタはいたずらな笑みを浮かべる。エミディオもつられてクスリと笑った。

いつからだろう。あの狭い世界に帰りたいと思わなくなったのは。闇の世界だけでは、物足りなくなってしまったのは。

「エミディオ殿下、巫女様、そろそろお時間です」

扉の向こうからレアンドロの声がかかり、ビオレッタは返事をしながら扉へと歩き出す。それをエミディオが腕を摑んで止めた。

「ビオレッタ。婚約式の前に、私からも話したいことがあります」

　ビオレッタはレアンドロを待たせていいものか少し迷ったものの、時間が限られているこの状況で、それでもエミディオが話したいと言うことならば聞くべきだろうと判断し、彼へと向き直った。

　エミディオはほんの数瞬視線を落とした後、意を決したようにビオレッタを見つめた。

「私は、皆が言うような完璧な人間ではありません。劣等感や疑心、独占欲と、聖人君子にはほど遠い心の持ち主です。あなたには、最初からばれてしまいましたが」

　エミディオの言うとおり、ビオレッタには初めからエミディオの心の声が聞こえていた。最初は仮面を被った怖い人だと思っていたが、いまなら分かる。ベネディクトのあの発言のせいで、彼は他人に隙を見せることなど許されなかったのだ。

　そんな状況の中、ぽっと現れたビオレッタに本性を見破られ、さらに精霊がくっついていると言われた日には、そりゃあ側に置いて監視しようと思うはずだ。

「今更ですが……いろいろと、すみませんでした」

　事情を知った現在、とてもいたたまれない気持ちになったビオレッタは深々と頭を下げた。

するとエミディオは「謝らないでください」と言って顔を上げさせる。

「あなたのおかげで私はありのままの自分を受け止め、叔父とも和解できたのです。出来る出来ないじゃない、やるんだとあなたが言ったから、私も、そうありたいと思ったのです」

　エミディオがビオレッタの手を取り、膝をついて彼女を見上げる。

「私もあなたも、不完全な人間だ。でも、だからこそ補い合って生きていくことが出来る。ビオレッタ、私と結婚してください」

「エミディオ様……」

　思いもしない言葉に、ビオレッタはそれ以上何も言えない。そんな彼女を見て、エミディオは晴れやかな笑みを浮かべた。

「婚約式の前に、きちんとプロポーズをしたかったのです。ビオレッタ、返事を聞かせてくれますか？」

「……はいっ、ふつつか者ですが、よろしく、お願いしますっ……」

　放心状態だったビオレッタは、ゆっくりと顔をゆがませ、エミディオの手を強く握りしめた。

　泣きはらした顔で婚約式に挑むわけにはいかないと、必死に涙をこらえながら、それでも涙声は止められず、とても情けない顔と声だったが、その不器用さこそがビオレッタだ。エミディオはつなぐ手を引っ張りながら立ち上がり、胸に飛び込んでくるビオレッタをその腕で抱きしめた。ビオレッタもエミディオの首に腕を回してしがみつくと、どちらからともなくクスクスと笑い出す。エミディオは背筋を伸ばしてビオレッタを軽く持ち上げてくるくると回りだし、宙に浮いたビオレッタは最初こそ怖がったものの、最後はエミディオと一緒に声をあげて笑っ

た。

「お二人とも！　遊んでいないで早く出てきてください」

廊下で待つレアンドロに叱られ、二人はぴたりと動きを止めた。しばらく扉を見つめた後、ちらりとお互いを見やり、クスクスと忍び笑いをこぼす。

「さて、と。これ以上待たせるのはかわいそうですね」

エミディオはビオレッタから離れると、右手を差し出した。

「行きましょう、ビオレッタ」

差し出されたその手を、ビオレッタは迷うことなく取る。

「はい！」

離れないよう強く握り合って、二人は歩き出す。

きっとビオレッタは、完璧な光の巫女にも、王妃にもなれないだろう。けれど逃げることはしない。たとえどれだけ無様であろうと、一人ではないから。一緒に歩いてくれる人がいるから。ビオレッタはもう、立ち止まらない。

いつか光溢れる未来にたどり着くまで、二人は進み続けるだろう。

第十一代光の巫女、ビオレッタ・ルビーニは、魔術師一族という特殊な出自でありながら、歴代巫女の中でも群を抜いて光の力が強く、様々な奇跡を起こして民衆の信仰を支えた。その中でも、『陽寂の日』に見せた奇跡は王都だけにとどまらず、闇におびえる人々全てが目にするほど大規模なものだったという。

魔術師一族出身ゆえに、当時は存在すら認識されていなかった精霊を使役しており、夫となったエミディオ王子――後の第十四代アレサンドリ神王とともに精霊の地位向上に努め、現在、精霊は神と並ぶ尊きものとして、人々の信仰の対象となっている。

あとがき

　こんにちは。秋杜フユでございます。このたびは『ひきこもり姫と腹黒王子　ｖｓヒミツの巫女と目の上のたんこぶ』を手にとっていただき、誠にありがとうございます。

　今回のお話は、とある事情により十二年間ひきこもっていた主人公が、なんの間違いか「光の巫女」に選ばれてしまい、腹黒王子の手厳しい鼓舞を受けながら脱ひきこもりするお話です。

　雑誌Ｃｏｂａｌｔに短編で掲載された作品に加筆修正したもので、底抜けに明るいお話を目指しました。その想いが暴走し、第一稿ではとんでもないキャラクターばかりで担当様からストップがかかったのも、いまではいい思い出です。文庫化のお話をいただいたときは、本当に嬉しかったです。ありがとうございます。おかげさまで、雑誌掲載時にリストラされていた護衛騎士レアンドロを再採用することが出来ました。

　短編でいろいろと右往左往した分、文庫化に当たっての加筆は順調に進みました。ただですね……ひとつだけ苦労というか、地味に気をつけなければいけなかったことがありまして、それはヒーローエミディオをヤンデレ化させない、ということでした。ちょっと油断するとすぐにヤンデ～レって感じに進化するんですよ。そのたびに担当様からストップがかかりまして、軌道修正しました。

エミディオが健全な腹黒なのは、全て担当様のおかげです。対岸のヤンデレがおいしいのは私だけでした。申し訳ありません。

とにかくバカバカしい話を書く！　がコンセプトでしたので、題名から副題、章題に至るまでやりきらせていただきました。どこでストップがかかるかとはらはらでしたが、通りまして驚きです。雑誌掲載時のタイトル「ひきこもり姫と腹黒王子」の時点でアウトになると思っていました。コバルト編集部様の懐の広さに感服です。ありがとうございます。

副題の「ｖｓヒミツの巫女と目の上のたんこぶ」は物語の登場人物です。せっかく題名が「ひきこもり姫と腹黒王子」なので、副題は「ｖｓ〇〇と××」みたいな感じにしようと決めておりました。「〇〇と××」に何を入れるか考える際、気をつけたのは、前向きな表現はしない、でした。題名が残念臭ぷんぷんですので、戦う相手も残念にしようと心に決めておりました。あえてキラキラしたものを入れても良かったんですが、なにぶん、あんな二人ですので……。

そういうわけで見目麗しい外見を裏切る残念な内面の人々ばかりが出てきますが、不器用な人が不器用なりに生きる姿が一番美しいのではと思っていますので、彼らを書くのはとても楽しかったです。理想とかけ離れた自分を受け入れたとき、思春期って終わるよね、と思っています。なので、エミディオの思春期は本作をもって終わりました（笑）。

担当様、ダメダメな第一稿をお見せして申し訳ありませんでした。無事文庫化いたしましたのは、ひとえに担当様のおかげです。根気強く私を導いてくださいまして、本当にありがとうございます。

イラストを担当してくださいました、サカノ景子様、とっても美麗なイラストをありがとうございます。キャラ設定で、「透明感、透明感」「もっとはっちゃけた感じで」など、物書きとは思えない感覚的な言葉の羅列ばかりで申し訳ありませんでした。二人の残念っぷりがよく表れた表紙を見たとき、感動のあまり目頭が熱くなりました。本当にありがとうございます。

そして最後に、この本を手にとってくださいました読者の皆様、心より感謝申し上げます。この本を読んで、一度でもぷすっと笑えていただけたなら、とても幸せに思います。

ではでは、また次の作品でお目にかかれることを祈っております。

秋杜フユ

※この作品はフィクションです。実在の人物・団体・事件などにはいっさい関係ありません。

あきと・ふゆ

2月28日生まれ。魚座。O型。三重県出身、在住。『幻領主の鳥籠』で2013年度ノベル大賞受賞。趣味はドライブ。運転するのもしてもらうのも大好きで、どちらにせよ大声で歌いまくる迷惑な人。カラオケ行きたい。最近コンビニの挽きたてコーヒーにはまり、立ち寄るたびに飲んでいる。

ひきこもり姫と腹黒王子

vsヒミツの巫女と目の上のたんこぶ

COBALT-SERIES

2015年8月10日　第1刷発行
2016年3月31日　第4刷発行

★定価はカバーに表示してあります

著者　秋杜フユ
発行者　鈴木晴彦
発行所　株式会社　集英社
〒101－8050
東京都千代田区一ツ橋2―5―10
電話　【編集部】03-3230-6268
【読者係】03-3230-6080
【販売部】03-3230-6393(書店専用)

印刷所　大日本印刷株式会社

ISBN978-4-08-601870-8 C0193